小書痴的下剋上

為了成為圖書管理員不擇手段！

外傳 貴族院一年級生

香月美夜——著
椎名優 繪 許金玉 譯

本好きの下剋上
司書になるためには
手段を選んでいられません
貴族院外伝 一年生

✦ CONTENTS ✦

外傳　貴族院一年級生

登場人物

外傳貴族院劇情摘要

羅潔梅茵進入貴族院就讀後，便以最快速度修完課程，隨後從早到晚待在圖書館。不僅如此，還因為就學期間引發的諸多騷動，讓她與王族以及上位領地有了出乎預料的交集，因此被領主下令返回艾倫菲斯特，很長一段時間不在貴族院……在羅潔梅茵看不見的時候，貴族院裡究竟發生過哪些事情呢？

羅潔梅茵

本傳主角。艾倫菲斯特的領主候補生，就讀貴族院一年級。外表看來像是七歲女童。儘管與王族及上位領地有了交集，還推廣新流行，卻在迅速修完課後不見蹤影，極其罕見的最優秀者。

韋菲利特

艾倫菲斯特的領主候補生，就讀貴族院一年級。羅潔梅茵的哥哥，經常因為妹妹忙得團團轉。

漢娜蘿蕾

戴肯弗爾格的領主候補生，就讀貴族院一年級。藍斯特勞德的妹妹，常常因為哥哥受到牽連。總是抓不準時機。

奧爾特溫

多雷凡赫的領主候補生，就讀貴族院一年級。阿道芬妮的弟弟，時常被姊姊牽著鼻子走。

亞納索塔瓊斯	中央的第二王子，就讀貴族院六年級。
艾格蘭緹娜	庫拉森博克的領主候補生，就讀貴族院六年級。
藍斯特勞德	戴肯弗爾格的領主候補生，就讀貴族院四年級。
阿道芬妮	多雷凡赫的領主候補生，就讀貴族院五年級。
蒂緹琳朵	亞倫斯伯罕的領主候補生，就讀貴族院四年級。喬琪娜的女兒。
康拉汀	高斯博第的領主候補生，就讀貴族院一年級。
達威特	藍登塔爾的領主候補生，就讀貴族院一年級。
盧第格	法雷培爾塔克的領主候補生，就讀貴族院五年級。

黎希達

首席侍從。熟知三名監護人孩提時期的上級貴族。

莉瑟蕾塔

貴族院四年級生，中級見習侍從。安潔莉卡的妹妹。

布倫希爾德

貴族院三年級生，上級見習侍從。

哈特姆特

貴族院五年級生，上級見習文官。奧黛麗的么子。

菲里妮

貴族院一年級生，下級見習文官。

安潔莉卡

中級見習護衛騎士，莉瑟蕾塔的姊姊。

柯尼留斯

貴族院五年級生，上級見習護衛騎士。卡斯泰德的三男。

萊歐諾蕾

貴族院四年級生，上級見習護衛騎士。

優蒂特

貴族院二年級生，中級見習護衛騎士。

奧黛麗　上級侍從。哈特姆特的母親。

達穆爾　下級護衛騎士。未隨同至貴族院。

羅潔梅茵的近侍

亞歷克斯　貴族院四年級生，韋菲利特的上級見習護衛騎士。

伊西多　貴族院三年級生，韋菲利特的上級見習侍從。

伊格納茲　貴族院二年級生，韋菲利特的上級見習文官。

格雷果　貴族院一年級生，韋菲利特的上級見習護衛騎士。

托勞戈特　貴族院三年級生，羅潔梅茵的上級見習護衛騎士。黎希達的外孫。

羅德里希　貴族院一年級生，中級見習文官。

珂婷卡　貴族院一年級生，中級見習侍從。

埃利亞斯　貴族院一年級生，中級見習騎士。

艾倫菲斯特舍的學生

奧斯華德　韋菲利特的首席侍從。

尤修塔斯　斐迪南的文官。黎希達的兒子。

古德倫　托勞戈特的母親。尤修塔斯扮成女裝時的化名。

克什米爾　羅德里希的侍從。

芙蕾德莉卡　優蒂特的侍從。

伊絲貝格　菲里妮的侍從。

艾倫菲斯特舍的其他貴族

貴族院的他領學生

拉薩塔克　貴族院一年級生，戴肯弗爾格的上級見習騎士。藍斯特勞德的近侍。
肯特普斯　貴族院二年級生，戴肯弗爾格的上級見習文官。藍斯特勞德的近侍。
克拉麗莎　貴族院四年級生，戴肯弗爾格的上級見習文官。
安塞姆　貴族院一年級生，畢斯曼的中級見習文官。

貴族院的教師

赫思爾　艾倫菲斯特的舍監。斐迪南的師父。
普琳蓓兒　庫拉森博克的舍監。
洛飛　戴肯弗爾格的舍監。
賈鐸夫　多雷凡赫的舍監。
傅萊芮默　亞倫斯伯罕的舍監。
鮑琳　法雷培爾塔克的舍監。
索蘭芝　貴族院的圖書館員。

貴族院　其他

休華茲　圖書館的魔導具。
懷斯　圖書館的魔導具。
柯朵拉　漢娜蘿蕾的首席侍從。

艾倫菲斯特的貴族

斐迪南　齊爾維斯特的異母弟弟，羅潔梅茵的監護人。迪塔魔王。
齊爾維斯特　奧伯．艾倫菲斯特。韋菲利特的父親，羅潔梅茵的養父。
芙蘿洛翠亞　齊爾維斯特的妻子，韋菲利特的母親。羅潔梅茵的養母。
夏綠蒂　韋菲利特與羅潔梅茵的妹妹，小兩人一歲。明年將就讀貴族院。
波尼法狄斯　齊爾維斯特的伯父，卡斯泰德的父親，羅潔梅茵的祖父。
卡斯泰德　騎士團長，羅潔梅茵的貴族父親。
艾薇拉　卡斯泰德的第一夫人，羅潔梅茵的貴族母親。
艾克哈特　卡斯泰德的長男。斐迪南的護衛騎士。
蘭普雷特　卡斯泰德的次男。韋菲利特的護衛騎士。
布麗姬娣　羅潔梅茵的前護衛騎士。已返回故鄉伊庫那。
薇羅妮卡　齊爾維斯特的母親。現正受到幽禁。

他領貴族

席格斯瓦德　中央的第一王子。
娜葉拉耶　席格斯瓦德的妻子。
克雷門斯　傅萊芮默的前任老師。已故。
海斯赫崔　戴肯弗爾格騎士團長的侄子。
喬琪娜　齊爾維斯特的姊姊。亞倫斯伯罕的第一夫人。

神殿的侍從

法藍　負責管理神殿長室。
薩姆　負責管理神殿長室。
莫妮卡　神殿長室的助手。
吉魯　負責管理工坊。
弗利茲　負責管理工坊。
葳瑪　負責管理孤兒院。
妮可拉　神殿長室與廚房的助手。

羅潔梅茵的專屬

艾拉　專屬廚師。
雨果　專屬廚師。
羅吉娜　專屬樂師。

索蘭芝視角・

序章

「哎呀，多雷凡赫也關閉宿舍了嗎？」

相隔許久，再度在餐廳裡見到多雷凡赫的舍監賈鐸夫，我開口叫住他。大領地因為人數眾多，比起小領地會多花幾天時間在移動上。

「是啊，今天下午已經關閉了。看到餐廳裡的人變多，想必幾乎所有領地都關閉宿舍了吧。」

學生悉數返回領地的同時，派來宿舍工作的下人與廚師也會回去，只有輪流從領地前來駐守轉移廳的騎士會留下。因此，宿舍會關閉，舍監也會改到職員餐廳用餐。眼看出入餐廳的人數變多，就能知道有越來越多宿舍已經關閉。

「有些學生遲遲不想回去，害得我相當頭疼。真是羨慕圖書館可以在課程結束的同時就關閉哪。」

「其實並沒有同時喔。有些人會一直等到宿舍快要關閉了才來還書，也可能有學生因為補課的關係會過來。」

我所管理的圖書館，都是在領主會議過後，所有工作全做完了才能關閉。但直到去年為止，即便領主會議結束了，也仍有大量的工作必須獨自處理。不過，今年因為有休華茲與懷斯在，說不定有機會在睽違多年之後關閉圖書館，前去拜訪中央的王宮圖書館。

「昨晚我已經看見普琳蓓兒了，看來只剩下戴肯弗爾格，就應該所有宿舍都關閉了吧？」

我一邊說，一邊確認餐廳裡頭是否還不見洛飛的蹤影，賈鐸夫卻緩緩搖頭。

「聽說紐豪森、拉斯蘭各、關特隆普這幾個領地還有學生要補課，無法關閉宿舍。那他們也許會去圖書館。」

「哎呀，感謝你的親切告知。」

那些因政變而排名下降的領地，似乎在教育方面也沒有充足的人力與經費，學生們的成績逐年下降，涉嫌竊取與遺失書籍的學生也有增加的傾向。原本很多事情單靠我一人實在無能為力，但今年多虧了羅潔梅茵大人，我只要向休華茲與懷斯提醒一聲，好像就能改善許多。

「今年艾倫菲斯特的學科成績整體都有提升呢，好像甚至沒有半個學生需要參加最終測驗。」

大概是因為正好想起了羅潔梅茵大人，聽見有人提及「艾倫菲斯特」，我不由自主回頭。只見赫思爾與文官課程的教師正在交談。

「今年貴族院的學生裡頭，我只擔心安潔莉卡，但幸好有羅潔梅茵大人幫忙，她也平安無事地畢業了。」

有學生留下來補課時，宿舍自然必須開放供他們生活，也得留下廚師與下人。由於會對領地造成負擔，為了讓學生盡早合格、返回領地，舍監們無不想方設法提供協助。幾年前的某個春天，艾倫菲斯特裡一個名為安潔莉卡的學生也曾需要補課，赫思爾抱怨說過，那次簡直讓她身心俱疲。

「這下子我總算可以專心研究了。」

「哎呀，真是的。赫思爾，妳平常就已經在專心研究了吧？」

老師們咯咯笑了起來。但赫思爾該不會已經忘了吧？先前她才因為太過專心在休華茲與懷斯的研究上，甚至撇下該上的課不管，被亞納索塔瓊斯王子告誡過。

「但話又說回來，赫思爾只要宿舍一關閉，馬上就能開始研究呢。一般舍監都得忙到領主會議結束之後。」

大部分的中央貴族，都會在冬季期間回到原先的所屬領地，蒐集領地的情報。為了即將到來的領主會議，舍監也需要先向他們取得情報。即使貴族院的課程結束了，舍監們在領主會議結束前仍有許多繁瑣的工作得做。

但是，唯獨平常都在文官樓生活，幾乎半步也不踏進艾倫菲斯特舍的赫思爾不在此限。

「大家還真是辛苦，請好好加油吧。」

「赫思爾，妳不能再這樣事不關己了吧。接下來的領主會議，恐怕會因為有關羅潔梅茵大人的事情討論得非常熱烈喔。」

「也許吧，但跟我沒有關係。奧伯對我也沒有過任何表示。我只會和往年一樣做自己的研究，等著領主會議結束。」

似乎已經用完餐點，赫思爾說完就站起來，說她要趕快回研究室繼續研究了。看著她，我想起了赫思爾曾多次向我提出過請求，希望我能把休華茲與懷斯借給她。但是很遺憾，主人羅潔梅茵大人不在的時候，我不能借給任何人。

「索蘭芝，方便問妳今年發出催促通知的人是誰嗎？奧伯．烏蘇瓦德十分好奇……」

烏蘇瓦德的舍監提出這個問題後，好些人朝我看來。這幾個人都是舍監，領內也都曾有學生因為接到斐迪南大人的奧多南茲而嚇得面如死灰。但是，知道我們在說什麼的，只有那些曾有學生遲遲未歸還資料的領地。領內並沒有學生未歸還書籍的舍監，以及並非舍監的一般教師，皆露出了聽不懂我們在說什麼的表情。

「是有位親切的大人好心幫忙喔。多虧有他幫忙發出通知，今年所有資料都歸還了，我非常感謝他呢。」

「從聲音聽起來，實在不像是位親切的大人……」

斐迪南大人對奧多南茲說話時，我也在旁聽著，所以完全能夠明白若聽見他用那種聲音喊出自己的名字，學生肯定嚇壞了吧。但是，我無意告訴大家聲音主人的真實身分。

「還請諸位老師也記得提醒學生，明年開始要早些歸還書籍。」

我面帶微笑沒有回答，用完餐後返回圖書館。

「索蘭芝，歡迎回來。」

「吃完飯了。」

以前的我從不知道，有人在圖書館裡迎接自己回來，是件這麼教人高興的事情。拜羅潔梅茵大人之賜，如今我又能與休華茲還有懷斯一起工作了。今年的貴族院讓我留下了許多非常特別的回憶。

「休華茲、懷斯，要不要一起來回顧今年在貴族院的生活呢？」

柯尼留斯視角・

既是護衛騎士，也是哥哥

「接下來輪到柯尼留斯了呢。」

母親大人說道，看著侍從與下人們把我的行李搬到轉移陣上。今天是我出發去貴族院的日子。羅潔梅茵因為斐迪南大人的短期集中講座開始了，無法前來送行。身邊的人也都告訴她，比起為我送行，應該優先完成自己要前往貴族院的所有準備，她才無精打采地點頭接受。現在來為我送行的，有母親大人與艾克哈特哥哥大人。

「真沒想到艾克哈特哥哥大人會來為我送行。」

……我還以為您會優先待在斐迪南大人身邊擔任護衛。

我在心裡面補上這一句，並沒有說出來。事實上父親大人與蘭普雷特哥哥大人都正跟在自己主人身邊，執行護衛任務，沒有出現在這裡。

「我只是因為斐迪南大人下令，要我代替羅潔梅茵來為你送行。」

……所以要是沒有命令，根本不會來這裡嗎？嗯，還真是符合艾克哈特哥哥大人的一貫作風。

我點了點頭表示明白。但是，艾克哈特哥哥大人儘管說了自己只是奉命前來，表情卻分外嚴肅，開口說道：

「接下來，你不只要以護衛騎士的身分，還要以兄長的身分在貴族院生活。到了貴族院，那種以主人為重心的生活將與以往截然不同吧。」

「可是，我的生活早已經以羅潔梅茵為重心了啊……」

自從那一天沒能保護好羅潔梅茵，我就下定決心，往後要取得護衛騎士該有的成績，變得比所有護衛騎士還強，所以早在那時開始，羅潔梅茵就成了我的生活重心。我這麼反駁艾克哈特哥哥大人後，他卻搖搖頭。

「不對，在艾倫菲斯特與在貴族院完全不同。既然達穆爾不能跟去貴族院，那麼地位比安潔莉卡要高，又是羅潔梅茵親哥哥的你，將成為護衛騎士們在貴族院的主幹。」

「這我知道……」

「不，你還沒有真正明白。屆時能與你商量事情的成年近侍，只有首席侍從黎希達。但是，侍從負責的工作和我們不一樣，所以黎希達無法站在護衛騎士的角度為你提供建議。你若沒有想到這個層面，就把對方的提議照單全收，屆時做起護衛騎士的工作可能會出問題。」

聽到屆時做起護衛騎士的工作會找不到人能商量，我心底掠過一絲不安。艾克哈特哥哥大人愉快地看著陷入苦惱的我，接著眼神流露出懷念，轉頭看向轉移陣。

「另外這是我個人的經驗，到了貴族院以後，往往越是想認真侍奉主人就會越辛苦，但如果想要偷懶，只要拿上課當藉口，想怎麼偷懶也不成問題。所以這也是個機會，可以好好思考自己想成為怎樣的護衛騎士。在沒有父母能倚靠的貴族院，勢必會迫使自己成長。你加油吧。」

艾克哈特哥哥大人說著，握拳彎起手肘。那雙藍眼凜冽發光，明顯在威脅我說「絕不能偷懶啊」。看來貴族院才是護衛騎士要面臨的重要考驗。我手握成拳，敲向哥哥大人的拳頭。

「身為羅潔梅茵的哥哥，身為護衛騎士，我絕對不會讓自己蒙羞。」

聽見同為騎士的我如此發誓，艾克哈特哥哥大人露出滿意的笑容，往後退了一步。母親大人於是上前一步。

「羅潔梅茵沉睡了兩年剛醒來，心智還停留在八歲。雖然眾人都認為與其讓她晚一年入學，還是現在便去就讀貴族院，對她的未來比較不會有影響，但我還是非常擔心。畢竟，她各方面的表現很有可能會遜於他領的領主候補生。」

延後一年入學，就會延後一年畢業，這也代表著要晚一年才能成為眾人認可的成年貴族。儘管只是晚了一年，周遭人們的眼光卻會變得非常嚴苛；就讀貴族院時的年級與年紀若和旁人不同，也會限制到能夠挑選的結婚對象。考慮到這些層面，就算成績有點跟不上，還是進入貴族院就讀比較好吧。

但是，我與母親大人不同，對於羅潔梅茵的成績並不感到不安。因為當初她在剛受洗完，就能指出韋菲利特大人的教育有哪些不足，還販售自製的教學用品，嘴上說著這都是為了安潔莉卡，比她先看完了騎士學科課程的資料，甚至把內容全背下來。我覺得貴族院一年級的課程應該難不倒羅潔梅茵。

「現在斐迪南大人也開始幫她補課，我想學科方面多半不用擔心吧……倒是她的身體那麼虛弱，術科方面讓我非常擔心。」

我列出了羅潔梅茵在受洗後，不過短短一年內所留下的各種事蹟。母親大人聽完，思索了一會兒後，輕笑起來。

「那麼你在擔任護衛騎士的時候，記得優先注意羅潔梅茵的身體狀況，首要目標是讓她平安修完一年級的課程。」

「我知道，我不會再讓羅潔梅茵遇到任何危險。」

「接下來還要挑選近侍，但如今羅潔梅茵已經到了就讀貴族院的年紀，所以我無法再以父母的立場為她挑選，相信萊瑟岡古派的貴族應該會有所行動。你到了貴族院，也要仔細留意派系的動靜，再仔細向我回報。」

聽起來又是一樁麻煩的差事。想起哈特姆特說過，他想成為羅潔梅茵的近侍，我已經開始感到厭倦無力。

「不僅我們家無意讓羅潔梅茵成為下任奧伯，她自己也沒有這個意願。真希望萊瑟岡古的貴族們也能明白這一點呢……」

「我感到壓力十分巨大。」

想到萊瑟岡古的貴族們一個個脾氣都不好惹，我的臉頰忍不住抽搐僵硬，母親大人揚起苦笑。

「哎呀，你只要凡事都為羅潔梅茵著想就沒問題唷。」

「母親大人這麼說有根據嗎？」

「柯尼留斯，我可是你的母親。這兩年來你有多麼努力，我都看在眼裡。你已經名副其實是羅潔梅茵的哥哥了。」

母親大人這句話鼓舞了我。我既高興又自豪，也感到難為情，挺胸踏進轉移陣。

此刻，行李正陸續搬進我房間，直到房間整理好前我都會待在多功能交誼廳。有些下級貴族與中級貴族似乎也會自己動手整理部分行李，但我是全部交由侍從負責。我和往年一樣，起腳走進多功能交誼廳。

「柯尼留斯，羅潔梅茵大人正式任命我為近侍的時刻終於到了。」

哈特姆特笑容滿面地朝我走來，臉上有著掩藏不住的喜悅，但形容為一臉沉醉可能還比較正確。一言以蔽之，就是燦爛到讓人發毛的笑容。從我認識哈特姆特至今，現在可說是他人生中最亢奮的時候。雖然我很想立刻轉身離開多功能交誼廳，但又擔心看起來像是捲起尾巴落荒而逃，所以勉強讓自己站穩腳步。

哈特姆特以前本來沒這麼奇怪啊……

原本我認識的哈特姆特，凡事都能做得無懈可擊，也善於隱藏情緒，可以說是最像上級貴族的上級貴族。然而，自從目睹了羅潔梅茵在洗禮儀式上給予眾人的祝福，他似乎是受到強烈衝擊，聽說隨即向母親奧黛麗提出請求，希望能馬上成為羅潔梅茵的近侍。

……真是幸好奧黛麗阻止了他。

奧黛麗是羅潔梅茵的侍從，只要她開口推薦，哈特姆特的希望極有可能實現。但因為兒子突如其來的轉變嚇到了她，聽說她要哈特姆特先等一年，讓自己冷靜一下。

我認為能夠冷靜一段時間是非常重要的事情。對此，我也非常感謝奧黛麗。然而，即使給了哈特姆特一年的時間冷靜沉澱，他的熱情卻絲毫沒有冷卻的跡象。甚至因為羅潔梅茵泡入尤列汾藥水中，不得不再多等兩年後，他好像變得比以前更狂熱了。

「……哈特姆特，為什麼你這麼有信心能成為近侍？就算奧黛麗推薦了你，我也會表示反對。」

感覺哈特姆特就是個教人心煩又棘手的人物，所以身為哥哥，我想盡可能別讓他靠近羅潔梅茵。但哈特姆特無視於我滿懷警戒的瞪視，信心十足地挺起胸膛。

「柯尼留斯，不管你說了什麼，我一定會被選為羅潔梅茵大人的近侍。因為我不僅是上級文官，成績也優秀到了韋菲利特大人與夏綠蒂大人都來問過我有無意願成為近侍，母親大人又是羅潔梅茵大人的侍從。如今其他表現出色的貴族，都已經成為韋菲利特大人或夏綠蒂大人的近侍，那麼見習文官的第一候補人選自然會是我。」

雖然哈特姆特自負又惱人到了無以復加的地步，但他說得沒錯。年紀相近的貴族們，有很多早已被選為韋菲利特大人或夏綠蒂大人的近侍，所以羅潔梅茵能挑選的近侍候補人選並不多。選擇本來就不多了，哈特姆特單憑是奧黛麗的兒子，肯定就會獲選吧。更何況他的成績確實優秀，表面上……不，是待人也親切和善。知道哈特姆特真面目的人少之又少。

「你會成為我的同僚嗎……真不想接受。」

「羅潔梅茵大人可是艾倫菲斯特的聖女，今後該怎麼向他領的人宣揚她的無與倫比呢？至今大家都對我說的話充耳不聞，但現在本人來了，想必可信度也會大幅提升。我已經迫不及待了。」

「你別亂來！」

簡直是惡夢。羅潔梅茵沉睡的這段期間，哈特姆特就已經在貴族院裡大肆宣揚艾倫菲斯特出了一位聖女。拜他之賜，他領的人都盛傳我是聖女的親哥哥，還對我揶揄調侃。這種情況將變得更嚴重，甚至會持續下去嗎？

「羅潔梅茵才剛恢復健康，這麼做只會造成她額外的負擔，你真的覺得這是近侍該有的行為嗎？對羅潔梅茵來說，平安修完一年級的課程才是首要之務。身為她的護衛騎士，我一定會阻止你。」

「……到底會不會造成她額外的負擔，我會觀察過後再行動。」

雖然沒有保證會就此罷手，但哈特姆特沉思了半晌後，走出多功能交誼廳。

後來，我也一直在留意哈特姆特的一舉一動，但我發現有可能被選為近侍的他，並不只是興沖沖地等著那一刻到來。他也會自動自發地認真學習，還說著「想成為羅潔梅茵大人的近侍，成績也得符合這個身分才行」。再過幾天羅潔梅茵就要來貴族院了，我也需要複習一下課程內容。之所以是複習而非預習，是因為先前組成「安潔莉卡成績提升小隊」時，達穆爾已經指導過我們騎士課程的學科內容。就算升上最終學年的六年級，我想自己應該也能在學科方面取得不錯的成績。

……安潔莉卡沒問題嗎？

她近來的模樣瞬間掠過腦海。最近安潔莉卡幾乎每天都和其他騎士成群結隊，帶著見習文官與見習侍從們，辛勤地採集調合課要用的原料。不過，今年她的主人羅潔梅茵也將就讀貴族院。不用我去督促她，由羅潔梅茵直接命令安潔莉卡讀書是最簡潔有力的方式。我決定不再思考有關安潔莉卡的事情。

然後，到了一年級生移動的日子。這天高年級生的任務，就是要領著青澀稚嫩、一臉緊張地環顧宿舍的新生們前往多功能交誼廳，並且表達歡迎之意。今年因為羅潔梅茵與韋菲利特大人也將入學，看得出來見習侍從們比往年更用心準備。

……布倫希爾德應該想成為羅潔梅茵的近侍吧。

布倫希爾德是基貝．葛雷修的女兒，聽說一直是以繼承人的身分接受教育。想必是打算在成為近侍以後，一邊與領主一族打好關係，一邊尋找可以攜手掌管土地的夫婿。畢竟她是萊瑟岡古派的貴族，父親與親族也可能對她多有叮囑。

我觀察著多功能交誼廳裡的情形，不久看見一年級的上級貴族走進來。見狀，我與安潔莉卡一同前往轉移廳。接下來輪到羅潔梅茵了。

「羅潔梅茵大人，歡迎您來到貴族院。」

隨同羅潔梅茵走進多功能交誼廳後，換作韋菲利特大人的近侍們離開交誼廳去迎接。身為護衛騎士的我們，領著羅潔梅茵走向為她準備好的座位，有意成為她近侍的人立即靠了過來，想讓自己在她心裡多少留下印象。我一邊在旁觀望，一邊警戒著別讓她們太過靠近羅潔梅茵。然而，靠過來的人裡頭，卻不見那般渴望成為近侍的哈特姆特。

……哈特姆特到底在幹嘛？

我有些狐疑地環顧四周，發現哈特姆特正站在一段距離外，一派遊刃有餘地看著這邊。我對他的這副姿態莫名感到光火，但並沒有持續太久。因為羅潔梅茵居然對聚集在交誼廳角落的舊薇羅妮卡派貴族們表現出了興趣！雖然已經向她清楚說明了兩邊派系的情況，但從她回話的語氣，就能聽出她對此不太能苟同。我幾乎想抱頭吶喊。

……拜託饒了我吧！與其要納舊薇羅妮卡派的貴族為近侍，我還寧願哈特姆特來當我的同僚。

難道羅潔梅茵還不明白自己之所以會睡上兩年，都是舊薇羅妮卡派貴族害的嗎？不對，不可能。斐迪南大人應該已經告誡過她了。即便如此，她還是想納舊薇羅妮卡派的貴族為近侍嗎？我完全搞不懂她在想什麼。身為異性的我無法陪同羅潔梅茵進入她的寢室，我為此暗暗捶胸頓足，只能目送羅潔梅茵回房。

……黎希達應該會好好開導羅潔梅茵吧，但還是教人擔心。

黎希達來通知我近侍的候補人選時，我正在自己房裡翻看艾克哈特哥哥大人提供的資料，以及達穆爾規劃的學習進度表，思考著該如何協助安潔莉卡完成課業。

「近侍的候補人選已經出來了。男性近侍的部分，還請柯尼留斯幫忙詢問意願。」

「由我去通知嗎？」

「是啊。原本這是文官的工作，但因為大小姐還沒有當見習文官的近侍。此外，其實如果可以，我還想交由安潔莉卡去通知女性近侍的候補人選，但要由她轉達很讓人不放心吧？所以沒辦法，只好我自己走一趟。」

聽到黎希達說，她不放心把詢問有無意願成為領主一族近侍的工作交給安潔莉卡，我完全能懂她的心情。因為誰知道會不會在哪個環節出差錯。

「至於要詢問意願的近侍候補人選，見習護衛騎士有萊歐諾蕾、托勞戈特、優蒂特；見習侍從有莉瑟蕾塔、布倫希爾德；見習文官有哈特姆特與菲里妮。」

「哈特姆特果然被列進人選裡了嗎……」

「因為他是奧黛麗的兒子，成績也十分出色，再加上大小姐似乎很堅持要納菲里妮為近侍，所以需要有個上級文官能照顧她吧？」

聽得出來羅潔梅茵要任命菲里妮為近侍時，黎希達曾經面露難色。畢竟從來沒有領主一族會願意把魔力量不多的下級貴族招攬為近侍。就連羅潔梅茵無意解除達穆爾的護衛騎士一職，都讓眾人感到驚訝了。

「菲里妮是下級貴族，勢必容易招人眼紅，我想這會對她造成很大的壓力。達穆爾當初是因為受罰，每天都得前往神殿，在那裡的工作表現也得到了認可，但菲里妮的情況不一樣，她承受得了嗎？大小姐會不會因此毀了一個貴族的一生呢？這是我最擔心的事情。」

「我不否認菲里妮會過得很辛苦，但不管她有沒有成為近侍，她都已經對羅潔梅茵宣誓效忠了。我相信她承受得住。」

先前在兒童室，羅潔梅茵在看完菲里妮這兩年所寫的故事後稱讚了她。菲里妮感動之下，當著大家的面向羅潔梅茵宣誓效忠，那幅畫面我還記憶猶新。

「人選名單和我預期的不同，似乎沒有偏重於挑選萊瑟岡古派的貴族。但有意成為近侍的人，應該大半都是萊瑟岡古的貴族吧？」

「這是艾薇拉大人的要求，她希望盡可能招攬中立派的貴族為近侍。另外基於本人的希望，我也推薦了托勞戈特。」

……托勞戈特嗎？從小我和他就合不太來，今後能好好相處嗎？

托勞戈特也是波尼法狄斯祖父大人的孫子。可能是因為年紀相近，他動不動就會向我挑釁。要是他做起護衛騎士的工作也是那副樣子，恐怕會有些棘手。雖然他應該不至於在工作時夾帶個人的情感吧。

「原來他沒有成為韋菲利特大人的護衛騎士。我聽說古德倫大人在結婚之前，曾經侍奉過喬琪娜大人。感覺他比較偏向舊薇羅妮卡派，在兒童室裡又與韋菲利特大人處得很好，我還以為會成為他的護衛騎士……」

托勞戈特的母親古德倫是黎希達的女兒。他們不是萊瑟岡古的貴族，而是領主一族的旁系，雖說屬於中立派，但我覺得比較偏向舊薇羅妮卡派。

「照你這麼說的話，我以前不只侍奉過薇羅妮卡大人，也侍奉過喬琪娜大人與卡斯泰德大人喔。」

「咦？黎希達也侍奉過父親大人嗎？」

「是啊。但是，我們從來不曾有過自己屬於哪個派系的想法。因為我是領主一族的旁系，宣誓效忠的對象是艾倫菲斯特。所以我是中立派的上級貴族，而且會奉奧伯之命侍奉不同的主人。」

黎希達說她會侍奉羅潔梅茵，也是因為領主的命令。所以他們與一般會對個人效忠的近侍不同，真正的主人其實算是奧伯吧。

「一旦下定決心，托勞戈特應該也會全心全意侍奉吧。我們是領主一族的旁系，一直以來接受的教育就是要幫忙穩固艾倫菲斯特。想當然托勞戈特的父母也是這麼教導他的吧。」

黎希達大略說明了挑出這些候補人選的理由後，轉身離開房間。接下來得通知哈特姆特與托勞戈特。我送出奧多南茲，把兩人叫過來。

「哈特姆特、托勞戈特，羅潔梅茵大人想問你們兩人，有無意願成為她的近侍。我的主人因為在神殿長大，又休養了長達兩年的時間，與一般的領主一族相比可能有許多不足之處。你們能夠接受這點，進而侍奉她嗎？」

哈特姆特完全掩飾不了臉上的喜悅，托勞戈特則是一臉認真，齊聲回答：「我們定當誠心誠意侍奉羅潔梅茵大人。」

以護衛騎士的身分開始生活後，一切感覺十分順利。雖然像是接送羅潔梅茵的工作該怎麼分配時，少了至今總在一旁出意見的達穆爾，但幸好有萊歐諾蕾一起幫忙思考。

「與韋菲利特大人相比起來，羅潔梅茵大人的見習護衛騎士實在不多。在大家都修完課之前，護衛的輪班可能很難安排。」

我暗忖著可能得自己多輪幾次班時，萊歐諾蕾輕笑起來。

「我想不需要太擔心喔，因為我應該大部分的學科能在第一堂課就通過考試。」

「那真是太好了。我因為要指導安潔莉卡課業的關係，學科也有信心可以第一堂課就過關。」

如果同時有兩人可以調度，就能減輕不少負擔。托勞戈特也是上級貴族，為了取得不錯的成績，應該也會稍微預習上課內容，相信很快就能執行護衛任務吧。

「問題在於優蒂特嗎……」

「因為對她來說成為近侍這件事很突然呢。我認為與其讓優蒂特執行護衛任務，還是先讓她在課業上努力取得高分，對她的未來比較有幫助。先安排她主要在宿舍裡頭，還有在羅潔梅茵大人的寢室裡負責護衛吧。」

現在不僅安潔莉卡完全無法信賴，又只有女性才能進入羅潔梅茵的寢室，所以萊歐諾蕾的存在讓我感到無比安心。我還稱讚了推薦萊歐諾蕾成為護衛騎士的安潔莉卡。

與萊歐諾蕾討論過後，護衛騎士即使人數不多，應該還是應付得來吧。但正當我這麼心想時，羅潔梅茵卻因為韋菲利特大人多嘴說出的一句話，大腦裡頭像是有某個開關故障了。為了能夠前往圖書館，她開始不顧一切往前衝。在她強行要求所有一年級生必須在學科的第一堂課就通過考試時，我忍不住心生得保護好菲里妮的想法，為妹妹如此失控向她贖罪，因為她的處境有可能因此變糟。比起帶領護衛騎士，要約束羅潔梅茵更讓我疲於奔命。

而羅潔梅茵似乎完全沒注意到身邊人們的反應，盤算著所有科目要在第一堂課就過關。她看來既像在逞強，也像是有種莫名的焦慮，擔心自己如果太過悠哉，就無法前往圖書館。隨後，她不只在騎獸課上惹得傅萊芮默老師不快，還在奉獻舞課上與亞納索塔瓊斯王子有了交集，嚇得我們在心裡冷汗直流。不過，羅潔梅茵的成績倒是一點也不讓人擔心，接二連三地合格過關。

「什麼?!妳想自己去圖書館?!別說蠢話了！」

隨著後來終於可以去圖書館，羅潔梅茵在反省了自己與索蘭芝老師有哪些理解上的不同後，接著居然表示她「要自己一個人去圖書館」。我忍不住直接用兄長，不再是用護衛騎士的語氣對她說話。現在因為是在宿舍，沒人會斥責我。

「因為大家都還要上課，還讓你們陪我一起去圖書館，太不好意思了嘛。」

「如果妳會不好意思，那別去圖書館不就好了嗎？」

「這我辦不到，我就是為了去圖書館才來貴族院的。斐迪南大人也同意過，只要我修完課了就可以去圖書館。」

我非常清楚，自己的妹妹只要關係到圖書館就絕不退讓。洗禮儀式前也是這樣。當初因為她很順利地接受完了應有教育，我便提議帶她去家裡的圖書室當作獎勵，豈知她竟然在過度興奮之下，還沒走到圖書室就失去意識。甚至隔天還沒退燒，就想爬下床跑去圖書室。如今她不只達成了韋菲利特大人提出的要求，還得到了斐迪南大人的許可，更不可能有辦法阻止她。

「羅潔梅茵，雖然妳說會對近侍們感到過意不去，但領主一族有近侍隨侍在側本來就是理所當然。妳要是對近侍有不必要的顧忌，選擇自己單獨行動，那樣反而更糟糕。明明妳曾在兩年前遭遇過襲擊，難道到現在還不明白嗎？」

「可是，大家還要上課……」

「這也是為什麼妳有這麼多名近侍，我們都要配合妳去圖書館的時間，調整上課的順序。如果妳是真的為近侍著想，就不要再有想獨自一人行動的念頭。一想到萬一妳又出了什麼事，我們只會非常擔心。」

「柯尼留斯哥哥大人，對不起。」羅潔梅茵整個人彷彿洩了氣，終於聽從我的勸導。看來與其以護衛騎士的身分恭敬說明，倒不如以親哥哥的身分訓話，講話也直接一點，羅潔梅茵會比較能聽進去。察覺到這點以後，我在宿舍裡面都盡可能以兄長的身分與她接觸。

羅潔梅茵對近侍不再有不必要的顧忌後，我總算鬆一口氣。然而，圖書館的茶會、與音樂老師們的茶會、王族的召見等等事情卻接踵而來。每天都有不一樣的狀況，我光是應付眼前的事情就已經筋疲力竭。

艾克哈特哥哥大人曾說，「如果想以護衛騎士的身分認真侍奉主人，在沒有父母能倚靠的貴族院，勢必會迫使自己成長」，如今我有了深刻的體會。在羅潔梅茵沉睡的那段期間，為了成為實力與主人相當的護衛騎士，我自認非常上進。我還心想著這次一定要保護好羅潔梅茵、不再讓她遇到危險，成為能讓主人引以為傲的近侍，也努力提升了自己的成績。然而，羅潔梅茵的要求卻總在眨眼間就超越我訂下的目標。

我每天不只忙得暈頭轉向，還得居中幫忙協調萊瑟岡古派的貴族與韋菲利特大人的關係。蘭普雷特哥哥大人也拜託過我，說自從發生了白塔那件事以後，韋菲利特大人雖然認為自己屬於奧伯與芙蘿洛翠亞大人的派系，無奈領內的貴族們卻不這麼認為。

……我光自己的主人就應付不來了，哪有時間再去照顧其他領主候補生！

如果可以，我真想放聲這麼吶喊。偏偏連父親大人與母親大人也叮囑過我：「羅潔梅茵並不想成為下任奧伯，所以你要盡可能推崇韋菲利特大人。」但是老實說，羅潔梅茵的表現實在太優秀了，我認為周遭人們一定會擁戴她成為下任奧伯，只是時間早晚的問題而已。另外雖然我沒有空閒去制止，但哈特姆特鬼鬼祟祟地不知道在做什麼。

……嗯？我好像發現到了什麼不妙的事情喔！

今年羅潔梅茵才剛從沉睡中醒來，雖然為了去圖書館而失控，導致大家在宿舍裡頭沒有片刻安寧，又因為是領主一族，有義務要帶領艾倫菲斯特的學生們，但她其實還沒有完全恢復健康。

……在她剛大病初癒，還無法隨心所欲活動的情況下就已經這樣了喔？那明年又會是怎樣的光景？

我頭好痛。但是，現在就去思考明年的事也沒意義，況且也沒有那個閒工夫。我一邊思考著明天的護衛工作該拜託誰，一邊跟在笑得燦爛無比的妹妹身後擔任護衛，陪她一同前往圖書館。

羅德里希視角・

在貴族院的某一天

「大家小心慢走喔。」

有學生要去上課時，羅潔梅茵大人總會這麼說著目送大家離開。這天看見我與菲里妮混在要走出玄關的高年級生當中，她露出了和藹的笑容。

「菲里妮、羅德里希，你們今天要上地理課吧。要認真聽老師講課喔。」

之前我與菲里妮雖然勉強通過了地理和歷史的考試，但那其實是我們向老師央求來的結果，暫且先算我們合格。因此一年級生中，只有我們兩人還要上地理與歷史課。

與要接受考試的第一堂課相比，現在學科課程的課堂上，學生人數都只剩下一半左右。因為他領的領主候補生與上級貴族都已經陸續通過考試，不用再來上課了。下級貴族與中級貴族大約剩下一半的人，上起課來總覺得人影相當稀疏。

「……咦？」這天走進大禮堂後，我眨了眨眼睛。今天大概是因為學生都集中坐在前面，看起來人數還不少。

……難不成我們搞錯科目了嗎？

我瞬間感到不安，一旁的菲里妮也惴惴不安地環顧四周說：「這是怎麼回事呢？」大概聽見了她的低語，附近一名披著水藍色披風的女學生停下腳步，轉頭看向我們。

「因為許多領主候補生與上級貴族已經合格，不用再來上課，所以重新調整過位置了吧。姊姊大人告訴過我，最近都會有這樣的變動喔。」

他領學生之所以都不慌不忙，多半是高年級生已經事先提醒過他們了吧。如今在艾倫菲斯特，學生們都是根據年級與修習課程分組學習。再加上所有一年級生都已經一舉通過考試，所以高年級生才沒有特別告訴我們中途會發生這種情況吧。

「謝謝您好心告知，因為我們剛好有些困惑……」

道完謝後，我與菲里妮尋找自己的座位。椅子上會有領地的號碼。

「十三號是這裡吧。」

我們在某一排的座位中間找到了兩個標記著十三號的位置，夾在十二號與十四號之間。原先都是一排一個領地，所以之前艾倫菲斯特一排八人的位置上，只剩下我與菲里妮還坐著。現在的座位則是把所有學生都集中在一起，不留空隙。

「唔，旁邊會坐著他領的學生，真教人緊張呢。」

菲里妮把上課用品抱在胸前，不安地小聲說道。我把帶來的東西放在十二號旁邊的那個座位上，聳了聳肩。

「不會比坐在同領地的高年級生旁邊緊張吧。」

兩年前的狩獵大賽上，我依著父親大人的指示與韋菲利特大人一起玩耍，最後卻演變成了我誘使韋菲利特大人犯下罪行。自那之後，不只是領主一族身邊的人，連相同派系的貴族也疏遠我與當時一起玩耍的孩子，甚至冷眼相待，覺得「舊薇羅妮卡派的貴族居然陷害了要擁戴為下任奧伯的韋菲利特大人」。

當羅潔梅茵大人提出嚴格的要求，要我們所有學科都必須在第一堂課就通過考試時，我雖然因此成天提心吊膽，卻也與一同奮戰的一年級生們產生了革命情感，他們也都不會排擠我。再者，他領學生並不知道我在領內遭受到怎樣的對待，所以上課的時候，其實遠比待在宿舍裡輕鬆。

「……那個，羅德里希大人，您最近就彷彿是與羅潔梅茵大人一起行動的近侍，每天都去圖書館吧？……呃，我只是假設而已，您是不是覺得宿舍待起來，和去年的兒童室一樣不自在呢？我可以私底下找羅潔梅茵大人商量喔。」

菲里妮一邊往靠近十四號的位置坐下，一邊壓低音量悄聲問我。要是予以肯定，不知道會有什麼風聲走漏到舊薇羅妮卡派那裡去；但要是否認，現狀永遠也無法改變。而無論哪一種我都無法給予明確的回答，所以思索了一會兒後，我搖搖頭。

「不了，沒那個必要。我在借閱覽席時都會盡可能保持距離，只要不阻止我去圖書館，這樣就夠了。而且我現在正為了羅潔梅茵大人在寫故事……」

只是聽我這麼回答，菲里妮似乎就心領神會，輕聲回道：「我想羅潔梅茵大人一定會很高興。」她微微低著頭，側對我的臉上有著歉疚，我想肯定是因為明明我們同樣都在兒童室裡蒐集、抄寫了故事，卻只有她被選為近侍吧。

「……我還想問您一個問題，在羅潔梅茵大人回去舉行奉獻儀式之後，羅德里希大人打算怎麼辦呢？」

瞬間，心臟被人攫住般的恐懼襲向全身。現在是因為只要和羅潔梅茵大人一樣每天都去圖書館，就不用擔心有人找自己麻煩，可以過得安心自在。所以，我完全沒有想過：在羅潔梅茵大人回去舉行奉獻儀式後，到時該怎麼辦？

「該怎麼辦嗎……我也不知道。」

「其實我也在煩惱這個問題。待在羅潔梅茵大人身邊的時候雖然很安全，但以我現在的身分，最容易招人嫉妒和說閒話了。」

這句話令我暗自心驚。因為我也曾經心想過，「她明明只是個下級貴族」。儘管沒有化作言語，但菲里妮仍是感受到了吧。可恨的是，人的惡意往往最容易讓他人察覺。但是，對於成了羅潔梅茵大人近侍的菲里妮，我還是消除不了內心的妒忌。

「妳不用擔心，菲里妮和我不一樣，哈特姆特大人他們會保護妳吧。」

連我也聽出了自己的語氣有些過度尖銳，忍不住抿緊嘴唇。就在這時，我看見有隻手伸向菲里妮旁邊的座位，緊接著深紫色的披風晃動垂下。

「失禮了。我是畢斯曼的安塞姆，請多多指教。」

「我是艾倫菲斯特的菲里妮，我也請您多多指教。」

打過招呼後，往菲里妮旁邊位置坐下的，是領地排名第十四的畢斯曼的男學生。我曾在術科課上見過他，所以應該是中級貴族吧。為免他刁難下級貴族菲里妮，我也開口與他寒暄。

「您好，我是艾倫菲斯特的羅德里希，請多指教。」

安塞姆旁邊與再旁邊的學生似乎都對我們感到好奇，不時瞥來視線。我還看到那兩名學生輕戳了戳安塞姆，我猜是有什麼問題想問我們，不然就是要他蒐集情報吧。

高年級生時常對我們耳提面命，面對排名比我們高的領地一定要畢恭畢敬。早已習慣的高年級生當然覺得沒什麼，但對我們這些還沒開始社交的一年級生來說，這種場面讓人很緊張。我也因為就算說錯話了，大家也能毫不猶豫地撇清關係，經常被自領的人推出來問問題，所以不由得對安塞姆心生同情，主動開口和他攀談。

「我與安塞姆大人有門相同的術科課，感覺不會很陌生呢。」

聞言，被人催促的安塞姆，還有不知道該怎麼應對的菲里妮都放鬆了臉部表情，明顯鬆一口氣。

「是啊。那個，我有些問題想請教，不曉得方不方便？在艾倫菲斯特，那些第一堂課就通過學科考試的一年級生們，平常上課時間都在做什麼呢？」

「在做什麼……？」

不明白這個問題有什麼用意，我與菲里妮面面相覷。安塞姆急忙補充又說：

「因為他領學生都還在上課，沒辦法互相交流吧？再加上今年才一年級，也沒辦法調合藥水或參加訓練，所以我們想像不出艾倫菲斯特的一年級生們自由時間都在做什麼，感到非常好奇。現在自由時間增加了，大家都很開心嗎？」

經他這麼一說，在宿舍裡能做的事情確實不多。但這時候該怎麼回答才好？我們已經被叮囑過，不能告訴他領學生有關成績向上委員會的任何詳情。

「大家在宿舍裡頭……還是在讀書吧。因為就算不用上課，我們也得完成羅潔梅茵大人交代的作業。而且目前他領學生都在上課，也無法參加社交活動，所以除非有什麼特殊理由，不然我們都得留在宿舍裡待命。」

菲里妮邊覷著我的表情邊回答。這麼回答應該沒問題吧，我也點點頭。

「艾倫菲斯特有兩位一年級的領主候補生，但高年級的近侍尚未修完課程，所以吩咐過我們除非是陪同領主候補生外出，否則上課時間不能離開宿舍。」

現在羅潔梅茵大人每天都會去圖書館，我也會跟著去，但韋菲利特大人因為近侍尚未修完課程，還無法自由進出宿舍，所以這麼說並不算騙人。平常的話，大家則會待在宿舍的多功能交誼廳裡閱讀二年級的參考書，為明年做準備，也會製作新的參考書，但這件事同樣必須保密。

「呃，這還真是……該怎麼說，即使第一堂課就合格，好像也沒有過得比較開心嘛。」

「其實是在領地裡頭，大家都要我們努力提升成績，別輸給艾倫菲斯特。如果可以知道艾倫菲斯特的一年級生們現在過得怎麼樣，也許能讓我們產生點動力，但聽起來對我們沒什麼好處呢。」

「領主候補生只要一下令就會波及到所有人，底下的人還真辛苦。」

當初聽到所有一年級生必須一舉合格時，我確實嚇得心臟差點停止跳動，但羅潔梅茵大人也幫忙準備了能讓我們達到目標的資料，還指導我們該怎麼讀書。之後還讓領主一族的專屬樂師來指導我們練習飛蘇平琴。只要想想這些事情為自己帶來了多少幫助，我實在無法點頭同意。

「羅潔梅茵大人她……」

聽著畢斯曼的一年級生們你一言我一語，菲里妮的表情有些不高興。我能明白她無法接受有人說主人的壞話，但對方可是中級貴族，只是下級貴族的菲里妮最好不要多嘴生事。我輕拍了拍菲里妮的手臂，要她按捺下來。

「底下的人當然辛苦，但雖說是讀書，其實這也是一種徽章作業，並不是完全沒有好處喔。對吧，菲里妮？」

「咦？嗯，是啊。只要抄寫城堡圖書室裡沒有的書籍，羅潔梅茵大人便會出錢買下來。如果也有他領學生對艾倫菲斯特的徽章作業感興趣，請來跟我說一聲吧。」

在貴族院，所謂的徽章作業，是指學生個人為了賺錢所接的任務。接下任務時，為了確保可以收到報酬，必須先收下蓋有徽章，也寫有任務名稱與個人名字的委託書，因此稱之為徽章作業。假使沒有收到報酬，可以在領地對抗戰上向奧伯提出抗議。

此刻還在大禮堂內上課的學生們，大多和領主候補生還有上級貴族不一樣，並沒有多少閒錢能用來幫助自己提升成績，也正好就是對徽章作業特別感興趣的一群人。尤其一年級生還不會調合，既無法製作回復藥水賣給見習騎士，也因為擔心有危險，不可能自己去採集原料再賣給見習文官。光是抄寫就能賺錢的工作非常吸引人。

「……等我們多修完幾堂課，有了自由時間以後，請再告訴我們詳情。」

畢斯曼的學生們剛對徽章作業產生興趣，地理課也開始了。

上地理與歷史課時，只要一邊聽老師講課，一邊搭配羅潔梅茵大人準備的問題集與參考書，很容易就能吸收消化。與其自己整理上課內容，參考書上的說明更井井有條，有哪些重點也一目了然。

……我覺得羅潔梅茵大人做的參考書，一定能賣到最高的價格。

羅潔梅茵大人的文章是我的範本。第一年進入兒童室的時候，我拚命編了故事，借到了撲克牌；第二年在兒童室，我借來了印有自己所說故事的書本，把內容全部抄寫在木板上。因為父母根本不可能買昂貴的書本給我，所以我奮力抄寫，再默背下來。

即便如此，我仍是到了最近才領悟到，原來口語與書面語並不一樣。我試著自己寫了故事，卻發現不像羅潔梅茵大人的文章那樣好讀。就算想要修改，自己也不知道到底是哪裡有什麼不一樣，又該從何改起。

……這種時候，如果我與羅潔梅茵大人屬於相同派系，就能去問她了吧。

其實可以想見發問之後，羅潔梅茵大人一定會爽快地為我解答。但只要試圖接近，她身邊的近侍與韋菲利特大人就會露出凌厲眼神，讓我半步也不敢靠近。

第四鐘響後，學科課也結束了，我們返回宿舍吃午餐。下午開始，是學習怎麼操控魔力的術科課程。中級貴族分成兩組在不同的教室上課，一組是排名第一到第六的領地，一組是排名第七以下的領地。大領地人數眾多，所以才會這樣安排，但我們也因此很難在課堂上與上位領地的中級貴族有交集。

「今天我一定要成功地從魔石裡取出魔力。」

「釋出魔力我還可以，但要把注入魔石裡的魔力再取出來，真的很困難呢。」

珂婷卡大人說完，埃利亞斯大人也點頭同意。兩人在艾倫菲斯特都是中立派的中級貴族。從前看似對薇羅妮卡大人十分忠誠，但在羅潔梅茵大人受洗之後，他們也與萊瑟岡古派的貴族保有友好往來，又在羅潔梅茵大人陷入長眠後，稍微與萊瑟岡古保持距離。想到自己的父親為了討派系高層歡心，不惜鋌而走險還把我也牽連進去，我覺得以中立派的中級貴族來說，兩人的表現可說是無可挑剔。

兩人邊走邊討論今天的目標，我則走在兩步後方，也為自己訂下目標：「今天一定要成功把魔力注進魔石裡。」其實我是偏向下級貴族的中級貴族，與兩人比起來，我的魔力量不多，所以就連要往魔石注入魔力也覺得吃力。

老師在課堂上提供的魔石都是碎片，又因為是重複使用領主候補生與上級貴族也用過的教材，就算已經清除了內部的魔力，還是會有些許殘留。上課時，必須用自己的魔力徹底蓋過裡頭殘存的微量魔力，但畢竟那原先曾屬於領主候補生或上級貴族，靠我的魔力要將其覆蓋幾乎是不可能。

……更何況，我連靠自己的意志去操控魔力都覺得很困難了。

貴族一出生便會獲得魔導具，主動幫自己吸走多餘魔力，因此從來不用靠自己的意志去操控。由於可以懂得那種魔力在流動與流向魔導具時的感覺，所以我也知道必須要靠自己讓魔力做到同樣的事情。但是，知道與做得到是兩回事。我聽說領主候補生與上級貴族在上這門課時，所有人都是一次就學會了，我卻覺得難如登天。

「唔唔唔唔唔……」

這天我一樣握著小塊魔石，注入魔力。自從獲得思達普以後，現在操控起魔力已經稍微比較順利了，但還是無法成功把魔力注入魔石裡。

「哇?!」

伴隨著彈開來的感覺，自己的魔力在掌心中逸散消失。由於失敗了的關係，我頓時感到非常疲憊。

「你手上的那顆魔石，說不定之前曾有魔力很強大的學生使用過喔。要不要拜託看看赫思爾老師，請她換顆魔石給你？」

「……換顆魔石嗎？」

聽見埃利亞斯大人這麼說，我低頭看向手中的透明魔石。

「雖然這只是我自己的感覺，但魔石不一樣，灌注起魔力的難度也不太一樣。」

至今這門術科課已經上了三次，但我一次也沒有成功過，所以感覺不出灌注起魔力時，每顆魔石的難易度是否有所不同。我總覺得問題不是出在魔石，而是自己的技術不好。但難得對方提供了建言，我沒有硬是開口反駁，走向赫思爾老師。

「赫思爾老師，我可以換顆魔石嗎？」

「……其實只要是這樣的大小，都要能夠把魔力灌注進魔石裡。但反正現在只是練習，不是考試，當然沒問題。你總算意識到灌注魔力的時候，每顆魔石的難度都不太一樣吧？」

赫思爾老師把放有魔石的盒子推到我眼前。其實我只是接受他人的建言，自己並沒有任何感覺。我感到有些心虛，但原來每顆魔石真的都有差異。

……但是用看的，也看不出來哪顆魔石比較容易注入魔力啊。

往盒裡看去，每一顆都是透明的魔石。我向赫思爾老師道謝後，隨便換了一顆魔石，回到自己的座位上。

「唔唔唔唔……嗯？」

比起剛才，現在手上的這顆魔石灌注起魔力順利多了。儘管速度不快，但確實可以感覺到魔力正灌注進魔石裡。雖然這顆魔石也有種在抗拒的感覺，但沒有強烈到像剛才那樣把我的魔力彈開。我用力握住魔石，繼續灌注魔力。全神貫注了一會兒後，拳頭的縫隙間倏地透出微光。

「哎呀，羅德里希大人，您是不是成功了呢？」

珂婷卡大人的話聲傳入耳裡，我感到不敢置信，戰戰兢兢地鬆開拳頭。原先透明的魔石，此刻已經變成了接近黃色的橘色。是我魔力的顏色。

「成功了……啊，不，那個，但我和珂婷卡大人還有埃利亞斯大人不一樣，裡面還留有一點他人的魔力殘渣，所以不能算是完全成功……」

「你的確還需要多加練習吧，但成功就是成功了。」

「是呀。羅德里希大人，接下來就是練習取出魔力了呢。」

埃利亞斯大人稱許我說，珂婷卡大人更幫我訂定了接下來的目標。儘管只有在課堂上，但能有機會像常人一樣與他們對話，讓我非常開心。因為派系不同，原本根本不可能像這樣子互相交談。

……真是感謝成立了成績向上委員會的羅潔梅茵大人。

雖然至今都是由魔導具主動吸走魔力，但我可以理解釋出魔力是什麼感覺。只不過，我從來沒有試過從魔石中取回自己的魔力。我完全不曉得該怎麼辦，只能歪著頭，在掌心上滾動魔石，不久下課鐘聲就響了。聽說我們沒能取出的魔力，會由老師幫忙清除。我把魔石放回盒裡，離開教室。

吃完晚餐，等一下要依照順序輪流沐浴。同房的人當中我地位最低，所以自然是最後一個沐浴。在輪到我之前，該看帶回來的木板？還是繼續寫故事呢？我一邊這麼思索著，一邊走出餐廳，這時菲里妮叫住了我。

「羅德里希大人，我明天的歷史課確定要請假。因為其他人似乎調不出時間……」

菲里妮向我說明，為了能夠陪同羅潔梅茵大人去圖書館，近侍們都在調整課程安排。和我一起上地理與歷史課的菲里妮，偶爾也將需要請假。雖然菲里妮一臉過意不去，但看在我眼裡，卻覺得她像是在炫耀自己能夠待在羅潔梅茵大人身邊，讓我有些火大。

「畢竟近侍的工作比較重要，更何況菲里妮也算是合格了嘛……」

哈特姆特大人與柯尼留斯大人都定睛看著這邊，應該是在保護菲里妮。對於菲里妮明明是下級貴族，同是近侍的夥伴卻這麼照顧她，我真的既羨慕又嫉妒。每一次都得眼睜睜看著自己與菲里妮的境遇有多麼不同，內心的不甘幾乎就要傾洩而出。

……如果我與羅潔梅茵大人隸屬相同的派系，也許就不會有這種心情了吧。

其實菲里妮沒有做錯任何事情，我對於對她感到火大的自己同樣生氣。但這種負面又混亂的情感只是不斷膨脹，絲毫沒有緩和的跡象。我一方面嫉妒菲里妮，一方面又希望能改變因嫉妒和埋怨而變得醜陋的自己。連我也覺得自己莫名其妙。

沐浴的時候，要是可以一起洗掉這些汙穢的情感就好了……

靠著浴缸，溫水稍微沖散了陰鬱的思緒。而侍從克什米爾幫我洗頭時，在頭皮上按摩的手指也讓煩躁的心情有些平靜下來。

「……克什米爾，你知道有什麼方法能讓不同派系的人信任自己嗎？」

克什米爾是母親那邊的親戚，也許是不太認同父親大人的做事方式，對我十分親切。之前就是克什米爾建議我，如果想找地方躲起來，可以去圖書館，所以我試著這麼問他。

「讓不同派系的人信任自己嗎？」

克什米爾非常困惑地注視著我。突然聽到這種問題，他也不知道該怎麼回答吧。我急忙收回自己說過的話。不可以無謂增添侍從的困擾。

「沒有就算了。呃，因為要是有的話，大家早就在用了嘛……對吧？」

沒錯，哪有什麼方法能讓羅潔梅茵大人信任我呢。我因為自己得出的答案而受到打擊，克什米爾卻支支吾吾地開口說了。

「其實也不是完全沒有……」

「難道有嗎?!」
「請您別動，我要幫您沖掉泡沫。」
不由自主跳起來的我，再次橫躺下來。克什米爾吐了一口氣，傾倒熱水沖洗我的頭髮。
「薇羅妮卡大人生性多疑，為了贏取她的信任，貴族們似乎曾在要求下採取某些方法。但是很遺憾，詳情我並不清楚……」
因為說不出具體內容，克什米爾才會猶豫該不該回答吧。
「光是知道確實有某些方法，我的心情就輕鬆多了。克什米爾，謝謝你。」
「您無須道謝。只希望羅德里希大人在貴族院的生活能夠平安順遂……」
雖然並沒有得到任何情報，但聽到為我擔心的克什米爾這麼說，我就覺得自己的心靈得到了莫大撫平。
……是否有朝一日，我也能取得羅潔梅茵大人的信任呢？
等一年級的課程結束，返回艾倫菲斯特以後，來調查看看貴族們為了獲得薇羅妮卡大人的信任，曾經做過什麼事情吧。我把這件事牢牢地記在內心的行程表上。

漢娜蘿蕾視角・因自言自語而起的迪塔

「漢娜蘿蕾大小姐。」

上完下午的術科課，我一走出當作教室使用的小會廳，柯朵拉便朝我走來。她是我帶來貴族院的成年侍從，在領地裡則是首席侍從。

「大小姐，發生了緊急事態，請您立即返回宿舍。」

柯朵拉挨到我耳邊悄聲說道，臉上卻帶著親切得體的笑容，一點也感覺不出發生了緊急事態。不過，她的眼神倒是比平常還要嚴厲，好像僅用眼神在斥責我說：「不可在外表現出慌慌張張的樣子。」所以我盡可能面帶優雅的微笑，緩緩點頭。

……看起來有大領地領主候補生該有的樣子嗎？

單看魔力量，我確實符合戴肯弗爾格的領主候補生這個身分，但是我做起事情總是抓不好時機，家人經常訓斥我說：「妳的想法與行動一點也不像個領主候補生。」因為太常挨罵，我對自己毫無自信，實在無法像哥哥大人那樣昂首闊步。就連在宮廷禮儀課上，普琳蓓兒老師也三番兩次提醒我，「妳身為大領地的領主候補生太沒有威嚴了」，目前還遲遲無法通過這門課。

「漢娜蘿蕾大人，歡迎回來。」

看著沒什麼人的宿舍，我感到有些納悶，回到自己的寢室。本來都該聚集在我房間裡的近侍們，此時也幾乎不見蹤影。

……難道是高年級生們還沒下課嗎？

但在看見柯朵拉的笑容以後，我馬上打消了這個想法。近侍們會不在，一定與緊急事態脫不了關係。

「到底發生什麼事了？」

我張口詢問後，柯朵拉臉上的和藹笑容立刻變成了為難的苦笑。

「藍斯特勞德大人帶著見習騎士們，似乎前往了艾倫菲斯特舍。」

柯朵拉的報告太過出乎我的預料，我瞪大眼睛。

「事情為什麼會變成這樣?!早上的時候並沒有任何徵兆吧？」

「聽說藍斯特勞德大人打算向艾倫菲斯特提出要求，好讓大小姐能成為圖書館巨大蘇彌魯的主人。因為那兩個魔導具是王族的遺物，他似乎是認為，漢娜蘿蕾大人若能成為他們的主人，有助於提高您的威望。」

如今圖書館裡有巨大蘇彌魯外形的魔導具開始協助索蘭芝老師，及其主人是艾倫菲斯特的領主候補生，這兩件事已經傳遍了整個貴族院。舍監洛飛老師還說過，蘇彌魯外形的魔導具是王族遺物，在政變後因為肅清失去了主人，已經多年無法動彈。

我因為喜歡蘇彌魯，在聽聞這個消息以後，興高采烈地跑去圖書館察看。一黑一白的大型蘇彌魯從旁協助索蘭芝老師的模樣，真的是非常可愛。發現圖書館裡頭也有好幾名女學生和我一樣，都是在聽到消息後跑來觀看大型蘇彌魯，我還為自己有這麼多同伴感到有些安心。

當時我心滿意足地返回宿舍，還對始終隨侍在我身邊的柯朵拉說：「他們真是太可愛了，有機會真想成為那種大型蘇彌魯的主人呢。」

「我確實是這麼說過沒錯。可是，我真的只是自言自語而已呀。」

「……一般情況下，這種自言自語確實是說過就算了吧。但偏偏不巧的是，您的喃喃自語似乎被拉薩塔克聽見了。」

拉薩塔克是上級貴族，也是我的堂兄，現在擔任哥哥大人的近侍。據說是他向哥哥大人報告：「漢娜蘿蕾大人說她想成為蘇彌魯的主人。」

……我明明一直小心著別給周遭的人添麻煩，沒想到居然演變成了這種情況！

我因為對自己沒信心，做事大概也是畏畏縮縮，還曾被指摘說我沒有威嚴。可是，我從沒想過要從艾倫菲斯特的領主候補生手中搶走蘇彌魯主人的位置，藉此提升自己的威望。屆時要是因此受到矚目，反而會被大家發現，我一點也沒有大領地領主候補生該有的樣子吧。

「就算是這樣，怎麼能給艾倫菲斯特造成這麼大的困擾呢……我不能呆坐著不動，得馬上去阻止哥哥大人！」

「……方才亞納索塔瓊斯王子已經捎來奧多南茲，把洛飛老師叫過去了。如今的事態已經不是大小姐能夠出面解決的了。」

柯朵拉出聲制止後，我不由得抱住了頭。如果我不是今天而是上一堂課就通過考試的話，一定有機會與哥哥大人好好溝通，進而阻止他了吧。

「漢娜蘿蕾大人，您還是老樣子錯過了時機呢。」

「柯朵拉，這句話一點也不算是安慰。結果這一切全是我造成的嘛。」

現在到底該怎麼辦？我苦苦思索。但是，亞納索塔瓊斯王子已經傳喚了舍監前往，我就算這時候再跑過去，也已經於事無補。

後來，我一直心煩意亂地等著大家回來。一群人回來時，都已經接近用晚餐的時間了。我馬上要求哥哥大人為我詳細說明，他卻避重就輕地說：「吃晚餐時再說。」我只好強壓下內心的不安，走去餐廳用晚膳。

「哥哥大人，這次事情的開端，都是拉薩塔克向您報告了奇怪的消息吧？」

我盡可能以兇狠的眼神瞪向哥哥大人，拉薩塔克急忙開口打圓場。

「漢娜蘿蕾大人，實在萬分抱歉。我並沒有惡意。我只是希望能夠實現漢娜蘿蕾大人的心願……」

拉薩塔克是見習騎士，個性耿直坦率。我也從小就認識他，所以知道他向哥哥大人報告的時候並無惡意。單純只是聽到我有想要的東西，想幫忙實現我的心願吧。

「可是，我並不想搶走別人的東西，也不希望因此引發這樣的騷動。難道沒有惡意，就能搶奪別人的東西嗎？」

「我們並不是搶，只是想把王族的遺物討回來……」

拉薩塔克語帶辯解地反駁，但不管場面話說得多好聽，一樣都是試圖從艾倫菲斯特手中搶走主人的位置。

「這件事已經結束了。」

哥哥大人神情非常不快地擺了擺手，意思是要我結束這個話題吧。可是，他還沒有告訴我，從頭到尾究竟發生了什麼事情。

「是哥哥大人自己說，晚餐時會告訴我詳情的吧。您去找艾倫菲斯特交涉後，到底發生什麼事了？」

「結果讓人很火大。艾倫菲斯特居然拒絕了我的要求，說她無法把主人的位置讓給戴肯弗爾格。」

據說就在雙方即將爆發大規模衝突的時候，王子趕到了現場。兩領的舍監隨即接到召見，然後在洛飛老師的提議下，決定比迪塔來決定誰是蘇彌魯的主人。

……想不到洛飛老師對迪塔的熱愛，偶爾也會派上用場呢。

結果，艾倫菲斯特擊敗了經常在迪塔比賽上獲勝的戴肯弗爾格，確定由羅潔梅茵大人繼續當兩個蘇彌魯的主人。聽到我們最終並沒有搶走本來屬於艾倫菲斯特的權利，我真的如釋重負。

「那麼陰險狡詐的丫頭，居然好意思自稱是聖女。」

聽說哥哥大人因為羅潔梅茵大人的一句話，不得不上場參加迪塔比賽，還輸得很沒面子，所以此刻他才這麼火大地吃著晚餐。但是，洛飛老師與見習騎士們雖然也都十分激動，對於艾倫菲斯特卻沒有任何謾罵之言，反而齊聲稱讚羅潔梅茵大人。

「藍斯特勞德大人，羅潔梅茵大人並不陰險。比奪寶迪塔時，本來就是要想出各種方法來贏取勝利。比起斐迪南大人當年的奇招，羅潔梅茵大人的突襲已經算是相當可愛，也有辦法能夠反擊了。」

洛飛老師興沖沖地談論起今天的迪塔比賽，還告訴我們過去有位名為斐迪南的策士，每次都讓戴肯弗爾格吃敗仗，接著開始規劃他從明天起要如何訓練見習騎士。

見習騎士們則是互相交換情報，分享他們從前輩與親族那裡聽來的，有關斐迪南大人使出過的各種戰術，甚至還說：「下次不管遇到什麼戰略，我們都一定要贏！」感覺見習騎士們好像變得比以往更加團結。

「接下來得好好訓練，再次向艾倫菲斯特提出對戰要求。」

「……那個，洛飛老師，請不要再為艾倫菲斯特增添更多困擾了。」

「漢娜蘿蕾大人，這哪是困擾呢。我們只是要比迪塔。」

對洛飛老師來說，能比迪塔他簡直求之不得，更是天大的好消息吧。但是，我認為女性領主候補生若接到比迪塔的請求，恐怕很少有人會感到高興。

……下次我一定要振作一點，不只是哥哥大人，也要阻止舍監失控。

我想著這些事情，吃完晚餐後走出餐廳。在我離開之後，餐廳內不只見習騎士，當時在旁觀賽的學生們也開心地繼續討論有關迪塔比賽的事情。

……話說回來，羅潔梅茵大人和我不一樣，真是優秀的領主候補生呢。

羅潔梅茵大人所有科目都是第一堂便合格，還在比迪塔時擊敗了戴肯弗爾格，在王子的認可下成為王族遺物的主人，肯定是今年最受矚目的領主候補生。

據說她在遇襲後因為中毒，在尤列汾藥水中沉睡了兩年，身體毫無成長，本來還謠傳她今年有可能無法來就讀貴族院，但是從她至今的表現，實在很難相信這些事情是真的。尤其她的外表又彷彿是剛受洗過的女童，更讓人覺得她加倍優秀。

儘管年幼，羅潔梅茵大人的五官卻秀麗精緻，還有一頭擁有驚人光澤的夜空色頭髮，與月亮一般的金色眼眸，頭上永遠戴著前所未見的髮飾。戴肯弗爾格的女學生中，似乎有許多人都非常渴望取得這方面的情報，所以這陣子我經常能感受到無形的壓力，感覺她們在對我說「快點修完所有科目，開始社交活動」。

……首先得與羅潔梅茵大人結識，再邀請她參加茶會，但在舉辦茶會之前，必須先為哥哥大人的行為向她道歉。這次的事情想必令她感到不太愉快，邀請時也得好好想想該怎麼開口才行呢。

雖然再去提及已經結束的事情，並不是淑女該有的舉動，但畢竟當初是因為我的自言自語，才為艾倫菲斯特帶來了莫大困擾。如果不至少道聲歉，我心裡過意不去。

……但是，該怎麼做才能見到羅潔梅茵大人呢？

我們都是一年級生，本來可以在課堂上見到面，但因為羅潔梅茵大人一下子便通過考試，我完全沒有機會與她打到照面。

……就連韋菲利特大人，我也只在思達普課上能見到他。領地排名雖說是第十三順位，但艾倫菲斯特的領主候補生都太優秀了。

幸好明天就有思達普課，應該能見到韋菲利特大人吧。我打算到時候問問他，有沒有什麼機會能遇見羅潔梅茵大人。

洛飛視角・精采的迪塔

迪塔是種手段，可用來贏取和保護自己需要的東西。就在剛才，戴肯弗爾格的領主候補生藍斯特勞德大人，與艾倫菲斯特的領主候補生羅潔梅茵大人，率領見習騎士們比了一場迪塔。賭的是魔導具主人之位，比的則是奪寶迪塔。雖然更改了些許比賽規則，但上一次在貴族院比奪寶迪塔，不知已經是幾年前的事了。比賽期間，看著領主候補生守著各自的陣營，努力用才智來彌補技能上的差異，讓我興奮得血液幾乎就要沸騰。不只是上場參賽的見習騎士，在旁觀賽的學生們似乎也有同樣感受。

「我作夢也想不到我們會輸。畢竟對手可是艾倫菲斯特。」

「騎士們的練習強度明明有差，羅潔梅茵大人竟然能夠扭轉劣勢，出奇制勝，那副模樣讓我太感動了。更何況她的外表還那麼年幼……」

「這和競速迪塔不同，結果完全無法預測，所以才會這麼緊張刺激吧。」

「是啊，這麼讓人熱血沸騰的迪塔還是頭一次。跟平常的迪塔完全不一樣……」

有的學生毫不在意自領落敗，單純為比賽過程感到興奮，但也有的學生對於戴肯弗爾格竟然輸了，一臉無法接受。笑著聆聽眾人感想的我，最在意的就是「跟平常的迪塔完全不一樣」這句話。

……對學生們來說，平常的迪塔已經變成「競速迪塔」了嗎？

從前在貴族院提到迪塔，一向是指奪寶迪塔。近年來因為政變的關係，領地間很難再比奪寶迪塔，不得已下只好改為比競速迪塔。然而，更改至今好幾年過去了，如今在學生們心目中，平常的迪塔已經變成了專指競速迪塔。思及這對未來造成的影響，實在不是一種好現象。

「換作是比平常的迪塔，我們早就贏了。洛飛老師，他們居然在我們帶回寶物的時候偷襲，這樣根本犯規吧？用競速迪塔來比喻的話，等於是在老師召喚魔獸的時候就跑到他們身後，然後在魔獸出現的同時就卯足全力攻擊。」

學生們氣憤不已，還以自己平常習慣的迪塔來舉例，認為艾倫菲斯特犯規。對此，我笑著搖了搖頭。

「競速迪塔是在老師們召喚出魔獸以後才算開始，但奪寶迪塔不一樣，從尋寶的那一刻起就算是開始了。所以他們突襲的時候，比賽已經開始，並不算是犯規。」

儘管我已嚴正說明兩者規則不同，學生們還是一臉不滿。看著他們，我不禁哼笑。竟然一個個想法都這麼天真，萬一對象是當年領地對抗戰上還在比奪寶迪塔的見習騎士們，只怕會被打得落花流水。

「你們也知道，政變過後因為各領的內部因素，領地對抗戰的比賽從原本的奪寶迪塔改為競速迪塔吧？那時候的策士還更難對付。不僅會屢屢偷襲各領前往尋寶的見習騎士，一直到自領落敗為止，還會反覆對他領展開冷血無情的奇襲與攻勢，導致領地對抗戰陷入一團混亂……」

「老師是指傳說中的迪塔魔王嗎？聽說他根本不是為了讓自領獲勝，而是為了把場面搞得一團混亂，熱中於陷害經常獲勝的領地……」

「對，沒錯。你很清楚嗎？」

我想起了一年級生們曾在課堂上聊起過這件事。記得是赫思爾告訴大家，羅潔梅茵大人是「斐迪南大人的愛徒」那一次。

「姨丈大人曾向我描述過喔。聽說領地對抗戰上比奪寶迪塔時，那個魔王會派出兩、三個人，到處去襲擊他領由五、六名見習騎士組成的尋寶隊伍，一下子就打敗了一半的領地；還說他會使用惡毒的魔導具，讓人身負沒死也去了半條命的重傷，甚至會破壞或搶奪他領的回復藥水，揚言不棄權就不歸還……但這些事蹟也太誇張了吧？」

迪塔魔王的事蹟居然被當成是老人們在胡亂吹噓，我聽了啞然失笑。但是，這些事蹟並非誇大。

……只不過，講得越鉅細靡遺，越會讓人想抱頭吶喊，覺得對方竟然可以對敵人那麼狠毒又不手下留情。

「那個迪塔魔王，正是羅潔梅茵大人的監護人斐迪南大人。我聽艾倫菲斯特的舍監赫思爾說過，他們兩人好像是師徒關係。」

「……啊？」

那時候的社交週，有大半時間都用來為奪寶迪塔擬訂作戰計畫。弱小的領地忙著蒐集情報，思考該與哪個大領地聯手；各個大領地則是處心積慮，試圖看穿競爭對手今年有什麼王牌。因此中小領地都會依附大領地，形成了互相結盟，由強大領地互爭輸贏的局面。

然而，艾倫菲斯特的領主候補生斐迪南大人進入貴族院就讀後，卻是採取各種奇襲，讓所有人的事前準備工作盡數付諸流水。他不僅個別擊破大領地派出的尋寶隊伍，還向與大領地結盟的中領地告知他們奇襲成功的消息，然後慫恿中領地背叛大領地，結果大領地在受到重創之後，開始不斷攻擊四處逃竄的小領地。

不過，艾倫菲斯特只是特別著重在對他領展開攻擊，自領的寶物卻保護得馬馬虎虎，所以並未藉由奪寶迪塔而一躍成為上位領地。但是，我認為斐迪南大人仍帶來了非常巨大的影響。

為了想出更多的戰略、採取奇襲，也為了預防敵人一樣這麼做，見習文官們每年都絞盡腦汁，努力開發新的魔導具。雖說現在的學生可能無法相信，但那時候還發明出了許多危險的魔導具，在領地對抗戰的奪寶迪塔上亮相後，各領紛紛買回去消滅魔獸。

順帶一提，斐迪南大人同時還是優秀的見習文官，而且是赫思爾的弟子。記得他每年都會做出奇襲用的新魔導具，其他用途的魔導具也有許多人向他購買。

見習侍從也都得繃緊神經，賣力蒐集情報，確保補給路線安全無虞。加上每年的冠軍寶座總會換人坐，不曉得今年又會是怎樣的光景，使得觀眾都很期待看到迪塔比賽。

「想當年斐迪南大人的計畫之縝密，一切盡在他的掌握之中，還毫不猶豫地把所有領地都捲進混戰裡。跟他的心狠手辣比起來，羅潔梅茵大人的妙計算是很可愛了。」

「洛飛老師，雖然您一直說羅潔梅茵大人的妙計可愛，但我倒認為她的作戰計畫非常出色！當初我就是因為體型不適合而沒能通過選拔，看到那麼年幼的羅潔梅茵大人居然能把見習騎士們耍得團團轉，我佩服得五體投地。」

尚武的見習文官克拉麗莎氣沖沖地反駁，整個人幾乎要朝我撲上來，深棕色的麻花辮跟著在她背後彈跳。所謂「尚武」，是戴肯弗爾格特有的說法。

在戴肯弗爾格，有志成為騎士的人不計其數，但總不可能讓所有人都成為騎士，也需要有人擔任侍從與文官。所以孩童受洗之後，在進入貴族院就讀前，可以參加選拔測試。後來即便落選了，訓練的勤奮程度仍與騎士相差無幾的人，就被稱為「尚武文官」與「尚武侍從」。由於他們原本都渴望成為騎士，所以就某方面而言，他們對迪塔的執著比見習騎士還強烈。

「有誰能想到，可以把寶物放在騎獸裡頭保護呢？再者，幾乎沒有騎士的魔力量能夠超過領主候補生吧？」

克拉麗莎緊握著拳頭，談論起羅潔梅茵大人的作戰計畫，那雙與戴肯弗爾格的披風幾乎同色的藍眼中有著狂熱。見習文官們剛才都在觀賽區上觀看，所以我也很好奇他們對這次的比賽有何感想，要她繼續說下去。

「我也認為羅潔梅茵大人的著眼點十分有意思。但是，她不只有放置寶物的地方教人大開眼界吧？妳還注意到了哪些事情？」

「例如奪寶迪塔分明是臨時決定，她還是毅然以領主候補生的身分參加，我認為率領騎士的將領就該有這種魄力。還有，那些妙計的優點與缺點先撇開不說，但她竟然能在實際比賽上立即想出可以發揮作用的對策，代表她的思緒非常敏捷！我認為這才是羅潔梅茵大人最強大的武器。」

魄力與敏捷的思緒嗎……

除了羅潔梅茵大人想出的妙計外，見習騎士們也非常欣賞她在比賽結束後仍能讚美敵軍的氣度，以及能冷靜看出己方騎士有哪些不足的判斷力。不過，克拉麗莎提出的看法又和我們不太一樣。

「我聽說迪塔比賽是在洛飛老師的提議下臨時決定的。也就是說，她是在毫無準備的情況下突然要比迪塔。雖然老師一直說以前的那名策士更厲害，但羅潔梅茵大人和他不一樣，甚至沒有時間預先準備好比賽所需的魔導具。儘管如此，她卻能在迪塔開始前就想出那些戰術，還能臨機應用自己手邊的魔導具。這真是、這真是……！」

克拉麗莎的話聲中帶有某種熱切，甚至讓我感到難以招架。但是，旁邊有不少人都表示贊同，眼中也漸漸帶有同樣的熱意。我冷靜地打量眾人，反芻克拉麗莎這番話。

……能在短時間內就憑著有限的裝備擬好戰術，確實不是容易的事。

從前在領地對抗戰即將到來前，領地之間也會有各種交涉斡旋；斐迪南大人在學期間，又正值政變之際，根本不曉得會在什麼地方被人扯後腿。每個人都隨身攜帶著可當撒手鐧的魔導具或武器。

但是，政變結束之後，國力大幅下降，各領地間也不再發生小規模的衝突。更正確地說，是沒有餘力再發生衝突。如今身邊的環境不再危機四伏，學生們也只會隨身攜帶少少幾樣魔導具。

「這幾年來，就連見習騎士也幾乎沒比過奪寶迪塔，羅潔梅茵大人卻能善用騎獸與自己手邊的魔導具，想出那麼多巧妙的計策……僅靠教育真能培養出這種臨場反應嗎？難不成羅潔梅茵大人具有比迪塔的天分？」

聽見我的低語，克拉麗莎慷慨激昂地主張。

「當然有啊！她可是艾倫菲斯特的聖女呢。羅潔梅茵大人是因為在尤列汾藥水中浸泡了兩年，外表才會那般年幼！這也就是說，原本她具備的知識量也應該要與外表相符。畢竟她沉睡了兩年的時間，根本無法學習任何東西。」

聽完克拉麗莎的激動訴說，我這才驚覺她說得沒錯。當時奧伯還曾為羅潔梅茵大人申請過特別措施，我們這群教師也曾心想：「只要不留級就算不錯了吧。」然而，羅潔梅茵大人幾乎所有科目都在第一堂課就合格，我們也因此只注意到她優異的表現，但其實應該要深入去思考這個事實背後的涵義。

「克拉麗莎大人，您的意思是羅潔梅茵大人從更小的時候開始，就在磨練自己在戰場上的反應嗎？」

「目前為止我還只是半信半疑，但我曾聽羅潔梅茵大人的近侍說過，她之所以被領主收為養女，就是因為她擁有豐富的魔力。她原本似乎是騎士團長的女兒，說不定從小就在學習如何戰鬥。」

「再加上她又是迪塔魔王的弟子，搞不好也接受過有關迪塔的特訓？」

由於羅潔梅茵大人在短時間內便想出了多種戰術，對於她究竟接受過怎樣的教育，學生們無不議論紛紛，自顧自討論得非常起勁。最興奮的莫過於克拉麗莎。

「假使羅潔梅茵大人是戴肯弗爾格的領主候補生，我一定第一個向她宣誓效忠！」

眼看克拉麗莎對於兩人屬於不同領地這般懊惱，不禁讓我想起了當年的見習騎士們，也曾懊惱頓足說：「為什麼斐迪南大人不是戴肯弗爾格的領主候補生?!」我強忍下想笑的衝動，注視克拉麗莎。

「妳要是能追求到羅潔梅茵大人的近侍就好了。」

「這是什麼意思？我並不是想嫁到艾倫菲斯特，而是想侍奉羅潔梅茵大人。領主一族招攬嫁來自領的他領貴族為近侍，這種事並無前例吧？」

「一般是沒有，但如果是需要陪同前往領主會議的近侍，他的配偶倒還有商量的餘地，並非完全沒有特例。不過，我勸妳還是先讓自己冷靜下來。妳太激動了。」

我讓克拉麗莎住了口後，再看向自己胡亂瞎猜，討論著羅潔梅茵大人究竟接受過什麼教育的學生們。

「不只克拉麗莎，你們也是。在這裡再怎麼猜測也沒有意義，你們需要的是事實，不是個人的臆測吧？你們還不明白見習文官是為何而存在嗎？侍從又是為了什麼要舉辦茶會？」

眾人瞬間靜默下來。但是，眼中仍燃燒著炙熱烈火。不能讓他們的熱情就這麼被澆熄。只要妥善引導，學生們也許能在自己擅長的領域裡大幅成長。

「先前為羅潔梅茵大人申請的特別措施，一直到了秋季尾聲才取消。隨後，她不僅贏了奪寶迪塔，學業成績還有望成為今年的最優秀者，目前更在推廣好幾種新流行。這些都已是無庸置疑的事實。我還聽音樂老師鮑琳說過，羅潔梅茵大人在教師的茶會上與王族有過接觸。由此可知，明年之後，她個人的影響力恐怕會再往上提升。但是，這只是我的推測。如果沒有足以論斷的證據，也不過是個人的猜想。從明天開始，你們要蒐集有關羅潔梅茵大人的情報，並且基於事實進行討論。」

「是！」

尚武的見習文官們朗聲應道。同時，見習侍從們也計畫起要與艾倫菲斯特舉辦茶會。

「羅潔梅茵大人與漢娜蘿蕾大人是同年的領主候補生，艾倫菲斯特又屬於中立派，並未隸屬任何派系，要邀請他們參加茶會應該很容易吧。我們可以表示能幫忙推廣新流行，再向他們獲取情報？」

「既然兩位上一樣的課，想必多少有些交流，就算提出邀請也不會不自然吧。漢娜蘿蕾大人也一直很在意，自己是否給艾倫菲斯特造成了困擾。可以建議她主動去說聲抱歉，應該能讓她產生意願。再請漢娜蘿蕾大人邀請羅潔梅茵大人參加茶會吧。」

見習文官與見習侍從全散發出了近年來少見的緊張感，對此我感到非常愉快。

「見習騎士也要練習怎麼比奪寶迪塔才行。既然比的是迪塔，戴肯弗爾格絕不能再輸第二次。」

「噢噢！」見習騎士們激動歡呼。看來最好以之後將與艾倫菲斯特再次對戰為誘餌，從明天開始增加訓練強度，也要重新檢視奪寶迪塔的戰術。我還想趁這機會，試著討論能否把見習騎士的授課內容從競速迪塔改回奪寶迪塔。

……明天向其他老師們提議看看吧。

舍監在吃完早餐後，通常會很快離開宿舍，為上課做準備。我往騎士樓的方向移動，半路上瞧見前方有位女教師。是亞倫斯伯罕的舍監傅萊芮默。她的嗓音高亢又尖銳，而且話匣子一開就停不下來，我心想著被她逮住就糟了，趕緊稍微放慢腳步。然而，我的苦心宣告白費，傅萊芮默猛地回過頭來。

「哎呀，洛飛，早安啊。我昨天居然聽說戴肯弗爾格在迪塔比賽上輸給了艾倫菲斯特……這是真的嗎？」

聽到戴肯弗爾格落敗似乎很高興，傅萊芮默朝我看來的眼神帶著些許輕視。看來今後有好段時間，不少人都會用這樣的眼神看我們吧。

……我究竟該告誡見習騎士，不管聽到什麼都別節外生枝？還是該叫他們積極地接受對方挑釁，好讓雙方領地都能累積更多比奪寶迪塔的經驗？

「羅潔梅茵大人雖說只是一年級生，卻展現出了優秀的領導能力。我很感謝她還幫忙指出戴肯弗爾格的弱點，見習騎士們也……」

「天呀！羅潔梅茵大人竟然撇下身為男士的韋菲利特大人，自己發號施令嗎?!」

傅萊芮默倏地抬高音量打斷我，臉上露出了非常刻意的驚訝表情。察覺到她的語氣中帶有指責的意味在，我忽然想起前陣子聽過的傳聞，說是羅潔梅茵大人騎著騎獸攻擊傅萊芮默。在她面前稱讚羅潔梅茵大人，恐怕不是明智之舉。直覺這麼心想的我一邊說著

「那是因為當時韋菲利特大人不在現場」，一邊迅速改變話題。

「但是政變過後，貴族院的授課內容也有大幅更改，這點果然造成了不良影響。」

「你說不良影響是什麼意思？是指政變過後的教師陣容或授課內容不夠充實嗎？」

傅萊芮默毫不掩飾臉上的不悅，惡狠狠地瞪著我，我才想起她也是政變後前來任教的教師之一。這個話題可能也不太妙。跟她聊天還真麻煩。我特別強調自己是指騎士課程，然後說出自己這些年來的感想。

「現在因為後來改成了在領地對抗戰上比競速迪塔，我認為見習騎士們都變得太過注重攻擊，反而疏於磨練其他技能。感覺大家都養成了不太好的習慣，卻沒能學到本來該學的東西。我認為現在正是重新舉辦奪寶迪塔的好時機……」

「我的天！有什麼不太好的習慣嗎?!」

傅萊芮默再度提高嗓門打斷我。這次又是什麼惹到她了？我滿懷警戒地觀察她的表情，但她只是嘟嘟囔囔地開始自言自語。

……嗯？是我說的哪一句話對她的研究有幫助？還是讓她想到了什麼嗎？

文官課程的教師們大多滿腦子只有自己的研究，每當得到什麼靈感，就會撇下旁人開始埋頭研究，這種人還不少。教人哀傷的是，在貴族院接觸過形形色色的教師以後，這種怪異行徑我也已經見怪不怪。

……我可以自己先走，為上課做準備了嗎？

掉頭走人固然簡單，但要是不慎刺激到了正在沉思的文官教師，害得他們思緒中斷，他們常常會氣急敗壞地大發牢騷，所以必須非常小心。

我正想盡可能悄無聲息地從旁經過時，傅萊芮默冷不防拍向掌心。

「洛飛，我也同意你的看法喔。為了防止大家養成不好的習慣，身為老師有很多事情都該重新檢視才行呢。謝謝你帶給我的啟發。」

傅萊芮默突然變得心情很好，轉身離開。雖然不知道是哪句話形成了怎樣的啟發，但對於她沒有再糾纏不休，我只是鬆一口氣，往騎士樓前進。

我找上騎士課程的教師，告訴了他們這次比奪寶迪塔的來龍去脈，以及見習騎士們在比賽過後獲得了哪些新的認知，因此我認為應該重新檢視現在的課程內容，也認為有太多見習騎士都不曉得奪寶迪塔是件危險的事。然而，不知變通的老師們紛紛表示反對：

「奪寶迪塔對小領地來說負擔太大了。你以為當初是為什麼要更改授課內容？」

……真是一群老頑固！

……但在貴族院練習不了的事情，你們以為回領地以後就有辦法了嗎?!

貴族院的課程費用一部分由中央支付，其餘的由各領補足。想當然大領地會多出一點，小領地少出一點，但學生們都能接受到一樣的教育。難道他們從沒想過，就是因為小領地在領地裡頭沒有餘力比奪寶迪塔，更該讓學生們在上課期間多累積經驗嗎？

但既已遭到反對，我也無可奈何。因為單憑我一己之力，能做的事並不多。眼看難以更改全體的授課內容，也只能先在自己的能力可及範圍內做些改變了。

……至少要先鍛鍊戴肯弗爾格的騎士們。

難得見習騎士們此刻都正奮發圖強，也對奪寶迪塔表現出了興趣，絕不能錯過這個大好機會。所幸戴肯弗爾格舍附有訓練場，可以進行訓練。

上完一天的課，回到宿舍以後，我要求見習騎士們到訓練場集合，並指示所有人分成兩組，進行奪寶迪塔的訓練。但我剛下完指令，就看見奧多南茲往外飛去。到底是寄給了誰？又報告了什麼消息？我皺起眉頭沒多久，訓練場的大門就打開了。藍斯特勞德大人帶著近侍走進來，看向分作兩組的見習騎士們。

「洛飛，繼續讓大家做競速迪塔的練習。在領地對抗戰上獲得好名次更重要。到時候領地對抗戰上一定要贏過艾倫菲斯特，明白了嗎？」

藍斯特勞德大人一派趾高氣揚，儼然相當習慣於命令他人，但我完全無法認同他的要求。比起領地對抗戰時的排名，我更想讓騎士們正在改變的想法繼續保持，讓大家具有更全面的能力。

「藍斯特勞德大人，恕我並不贊同。」

說完了自己想說的話，藍斯特勞德大人掉頭就想離開，但我開口叫住他。

「奪寶迪塔與競速迪塔是完全不同的比賽，需要的能力也不相同。然而，你卻說不需要針對奪寶迪塔進行訓練，究竟是何用意？」

「哼，奪寶迪塔現在已經不流行了，根本過時了吧。」

先前的比賽可是精采到了連見習騎士們也覺得大開眼界，戴肯弗爾格的領主候補生卻是這種反應，實在教人不敢苟同。不光藍斯特勞德大人是這樣，未曾親眼看過比賽的漢娜蘿蕾大人也曾對我說：「請不要再為艾倫菲斯特增添更多困擾了。」

……明明實際上場比賽的見習騎士們都有莫大收穫，戴肯弗爾格的領主候補生卻是這副德行，真教人擔心戴肯弗爾格的未來。

他們真該向羅潔梅茵大人看齊。因為她不僅能夠冷靜分析己方的缺點與敵人的優點，還能在勝利後給予敵人讚美之辭。再這樣下去，戴肯弗爾格會因為常年在迪塔上獲勝而輕敵大意，再度嘗到敗北的滋味吧。自甘墮落之日恐怕不遠了。

「迪塔的意義，不只在於要訓練騎士該如何打倒魔獸，更是為了得到自己想要的東西、為了守護重要的事物，每一次都得拚盡全力戰鬥。光是攻擊力強大不代表就能獲勝，難道你還不明白這一點嗎？」

聽了我的反駁，藍斯特勞德大人皺起臉龐，絲毫不掩飾不快。看得出來他在暗示我「閉嘴」，但我還是接著繼續說。今天一定要讓藍斯特勞德大人徹底明白，並重新檢視這次的失敗。不單是為了藍斯特勞德大人自己，也是為了戴肯弗爾格的未來。

「我當時之所以提議比奪寶迪塔，是為了觀察艾倫菲斯特的反應。」

「觀察艾倫菲斯特的反應嗎？」

藍斯特勞德大人感到意外地眨了眨紅色雙眼。

「截至目前為止，艾倫菲斯特一直是表現出但求無事的消極姿態，政變發生時也保持中立。政變過後，如果有上位領地提出要求，他們也不懂得巧妙迴避，也從來不曾拒絕。但是，這次第二順位的戴肯弗爾格甚至與他領聯手行動，艾倫菲斯特反倒表現得毫不退縮。藍斯特勞德大人，你身為領主候補生，難道沒有感覺到任何異樣嗎？單純只是覺得對方的態度太目中無人？」

多半從未深入思考過這點，藍斯特勞德大人盤起手臂瞪著我瞧，示意我往下說。看來他儘管不高興，還是願意聽聽我的想法。

「關於圖書館的魔導具，我不曉得艾倫菲斯特到底看出了它們具有哪些價值。羅潔梅茵大人還曾說，她認為最好的方法，是把主人的位置讓給上級圖書館員，也說過如果對象是個會經常前往圖書館、願意提供魔力的人，她也不介意讓出主人之位。但如果做不到，即便對象是戴肯弗爾格的領主候補生，她也絕對不會退讓。既然是這麼重要的東西，艾倫菲斯特理應要有能力可以保護它們。」

「所以，你才提議比奪寶迪塔嗎？」

「倘若王族的遺物重要到了必須拚上性命去保護，自然該由強者成為主人比較妥當。交給不屬於任何派系，又無法自行保護的艾倫菲斯特保管太危險了。」

聽完我的說明，藍斯特勞德大人哼了一聲。

「也就是說，為了測試對方有沒有能力保護王族的遺物，你利用了我們嗎？」

「豈敢。我身為舍監，原本就打算竭力協助藍斯特勞德大人。雖說我想看看艾倫菲斯特的反應，但在提議比迪塔的那個當下，我連一絲一毫也沒有想過戴肯弗爾格會輸。」

我語帶挑釁地這麼說完，藍斯特勞德大人立即不甘地咬緊了牙。那個時候，恐怕沒有半個人預想過艾倫菲斯特會贏。就連亞納索塔瓊斯王子，八成也認為比起在政變時保持中立的艾倫菲斯特，由勝利方的戴肯弗爾格擔任王族遺物的主人更適合。

「然而，結果卻出乎所有人的預料與猜想，由艾倫菲斯特獲勝。你認為這是為什麼？」

「還用問為什麼，當然是因為艾倫菲斯特沒有堂堂正正地一決勝負，使了卑鄙又陰險的手段。要是他們沒有使出那些陰險的計謀，我們早就贏了。」

「你說得沒錯。」

我大力點頭予以肯定。藍斯特勞德大人馬上蹙眉注視我，像要看穿我的真實想法。

「我記得你之前還對對方的陰險計謀稱讚有加吧？」

「戰力不高的領地若想獲勝，就只能絞盡腦汁、善用魔導具，精心擬訂作戰計畫。這也正是奪寶迪塔的精髓所在。戴肯弗爾格過於習慣競速迪塔的比賽方式，而羅潔梅茵大人多半根本不曉得什麼是競速迪塔，一心只想贏取勝利。我想就是這樣的差異，成了分出勝負的關鍵。」

當然，並不知道什麼是競速迪塔，絕不只是唯一的理由。羅潔梅茵大人竟能想出那麼多出人意表的計策，很難想像她還只是一年級的女性領主候補生。

「藍斯特勞德大人，你知道競速迪塔與奪寶迪塔有什麼不同嗎？是否曉得至今之所以要進行這樣的比賽，是為了訓練學生哪方面的能力？」

「嗯，我當然知道。這些年來會比競速迪塔，就是想藉由訓練，讓大家能更有效率地討伐領內不斷增加的魔獸吧？身為騎士，提升自己的攻擊能力與效率以消滅領內的魔獸，可以說是最重要的事情。」

藍斯特勞德大人挑眉看我，神情像是在說別問我這種大家都知道的事。我點點頭表示同意，接著提高音量，讓在場的見習騎士都能聽見。

「但是，每種魔獸都有其固定的行動模式。由於很少會有魔獸做出反常的舉動，我們的戰鬥方式也容易變得單一。因此現在的見習騎士一旦碰到預料之外的狀況，行動甚至很難保持一致。」

「你想說這是我們這次落敗的原因嗎？」

「至少我認為是主因。奪寶迪塔要對付的，並不是教師召喚出來的魔獸，敵人同樣是人類。為了贏，所有人無不費盡心機。究竟該怎麼做才能克服戰力上的差異？該留意哪些細節才能察覺敵人設下的陷阱……」

奪寶迪塔與討伐行動幾乎一成不變的魔獸截然不同。我們根本無從得知敵人究竟擬訂了怎樣的戰略，持有哪些魔導具，就算整理出了一般常見的理論與戰術，敵人也鮮少照著自己的預測行動。

「倘若一直維持現狀，只比誰能最快打倒教師用魔法召喚出的魔獸，學生們各方面的能力都無法得到提升。你身為戴肯弗爾格的下任奧伯，應該能夠明白這種情況有多麼危險。」

「原先的奪寶迪塔其實就是種模擬戰，讓人練習如何保護領地的基礎，所以你的意思是，就算對方使出那種陰險的計謀，我也必須要容忍嗎？」

藍斯特勞德大人目光不善地朝我瞪來。

「我並不是要你容忍，只是想告訴你，戰敗的一方不管說什麼也沒用。」

奪寶迪塔本就是一種模擬戰，讓眾人學會思考當有他領想搶奪自領的基礎時，領主應該如何與騎士們攜手合作，守住領地。一旦領地被人奪走了，事後再怎麼罵對方陰險或卑鄙也無濟於事。更何況領主一族在失去領地以後，通常也會跟著丟了性命，根本沒有機會再開口抱怨。

「洛飛，你……！」

藍斯特勞德大人面露慍色，變出思達普。見習騎士們霎時一陣譁然，但我也變出思達普迎戰，更是挑釁對方說：

「藍斯特勞德大人，你雖然斥責見習騎士們表現不佳，但你當時甚至沒有像羅潔梅茵大人一樣，積極地發號施令，率領眾人贏取勝利。你這樣子，真的還敢自稱是戴肯弗爾格的下任奧伯嗎？」

「你說什麼?!索腓魯特！」

藍斯特勞德大人將思達普變作長劍，揮劍朝我砍來。

「你想說我不配成為下任奧伯嗎?!」

「全員後退！索腓魯特。」

我一邊閃開攻擊，一邊也將思達普變作長劍。眼看我們兩人突然刀刃相向，周遭眾人都吃驚大叫，急忙拉開距離。

「在那場迪塔比賽過後，你除了不滿以外，真的沒有其他收穫了嗎？」

「……」

「倘若真是如此，那我不得不說，藍斯特勞德大人確實沒有足夠的修養與自覺能夠擔當下任奧伯。」

「住口！」

藍斯特勞德大人的動作兇猛，接連舉劍劈來。畢竟平日訓練有素，他的劍術比他領的領主候補生要強得多。但是，我可是騎士課程的教師，這點程度還贏不了一年到頭都在持續鍛鍊的我。再加上藍斯特勞德大人憤怒得失去了理智，動作比平常練習時還要草率，所以我輕輕鬆鬆地擋下他的攻擊。

「領主只要失去領地就一無所有了！這點道理你還不明白嗎?!」

所以見習騎士們才要透過奪寶迪塔不斷比模擬戰，恆常進行訓練。

「為了守住領地，見習騎士需要訓練！」

如果見習騎士們沉著應戰，羅潔梅茵大人的妙計也並非無法可破。騎士們只是需要訓練，才能面對突發狀況也應付得來。

然而，藍斯特勞德大人似乎沒能聽進我的苦勸，只是狠瞪著我緊緊咬牙，重新握好長劍。

「但那都是以前的事了！現在的尤根施密特甚至沒有餘力互相鬥爭！所以就算進行

這種訓練也只是白費力氣！」

政變與肅清結束之後，國力確實急速下降。如今恐怕沒有哪個領地還有餘力攻打他領，掠奪領地。現狀是就算搶到了他領的領地，也只會變成負擔。從領主一族的角度來看，更能清楚明白到現在國家的情勢有多麼嚴峻吧。他能看清這點倒是值得表揚。

「你若以為現在的情況會永遠持續下去，代表你還是個孩子。」

「你說什麼?!」

藍斯特勞德大人大力揮劍，但我立即舉劍一挑，他手中的劍便旋轉著往外飛出。趁著他看向飛走的劍，我拽過他的披風，將他摔倒後壓制在地。

「要是太過鬆懈大意，基礎會被他領奪走喔，藍斯特勞德大人。」

「唔……」

「翻天覆地的巨變，往往發生在我們放鬆警戒的時候。」

至少在我還是學生的時候，從未想過會有政變發生，還因此導致國力大幅下滑。當時所有人都以為，古得里斯海得理所當然會由第二王子繼承，和平的日子也會持續下去。豈料第二王子與當時的國王卻相繼猝死，古得里斯海得佚失，緊接著政變爆發。在第二王子突然身亡後，中間又歷經了政變與肅清，一直到情勢穩定成現在的局面，這些事不過發生在短短十年間。誰也不敢保證同樣的巨變不會再度發生。

「戴肯弗爾格是國王的劍，隨時備好充足的力量以應付各種情況，才是我們的首要之務。」

「洛飛……」

「倘若這次的奪寶迪塔是真正的迪塔，那麼儘管藍斯特勞德大人領地的實力與兵力都十分強大，卻還是讓艾倫菲斯特奪走了基礎。」

我扶起藍斯特勞德大人，與他對視。

然後在眼神中注入我的熱切。請一定要明白。明白我的苦心。

「如果你無法正視事實，承認自己輸給了羅潔梅茵大人的妙計，並且化作自己的養分……將來即便你成為奧伯，依然會再次嘗到敗北的滋味吧。現在你該做的，不是阻撓見習騎士們訓練，而是學習如何當個配得起戴肯弗爾格的奧伯。」

我與藍斯特勞德大人互瞪了好一會兒後，他倏然轉身。

「有尚武的近侍在宿舍裡保護我就夠了，護衛騎士們留下。」

「藍斯特勞德大人，這……」

藍斯特勞德大人抬起右手，制止近侍們反駁。

「洛飛，包括我的近侍在內，見習騎士就交給你訓練了。」

「謹遵吩咐。」

韋菲利特視角・與優雅無緣的貴族院生活

現在到底該怎麼辦？此刻的我非常苦惱。

……沒辦法啊。因為只要拿圖書館當誘餌，羅潔梅茵就會湧現出超乎常人的幹勁。我會想趁這機會讓所有一年級生都通過考試，也是很正常的吧。

不過，太過貪心好像不是一件好事。現在羅潔梅茵變成了比叔父大人還要嚴格的老師。她不惜犧牲睡眠時間，為每個人整理好了弱點補強資料以後交給大家，還笑容可掬地威脅說：「一定要一次過關喔。」

我甚至同情起了屬於敵對陣營的舊薇羅妮卡派貴族羅德里希，還責怪羅潔梅茵把大家逼得太緊，她卻只是愣愣地歪過頭。

「韋菲利特哥哥大人不就是希望我能督促大家，就算是用逼的也要讓大家以最快速度通過考試嗎？所以才提出了所有一年級生必須合格的條件吧？我應該說了我會全力以赴。」

……不行，完全阻止不了她。

「韋菲利特大人，這下該怎麼辦？再不阻止羅潔梅茵大人，今年的一年級生們太可憐了。」

……用不著近侍們特意告訴我，這種事我也知道。但我不知道該怎麼阻止羅潔梅茵啊！

我不由自主抱頭，拚命思考有沒有什麼辦法能阻止開始失控的羅潔梅茵。本來我認識的羅潔梅茵，優秀到了甚至能向大人下達指示，經常是我的榜樣。我還是第一次看到她這麼不受控制，完全不曉得該怎麼辦。

「韋菲利特大人，柯尼留斯大人說您太衝動了。他說一旦拿圖書館當誘餌，絕對沒有辦法能阻止羅潔梅茵大人。」

「連認識時間比我還久的親哥哥都想不出辦法了，我又能有什麼辦法！要是我認識她的時間再久一點……啊，有叔父大人！」

我馬上寫信給十分了解羅潔梅茵的叔父大人，把現在的情況寫在木板上，然後詢問有沒有什麼方法能阻止羅潔梅茵。叔父大人肯定知道一些好辦法。

「把這封信交給轉移廳的騎士，請他們以最快速度送回艾倫菲斯特。」

「遵命。」

見習侍從伊西多拿起木板，往外飛奔而去。

「韋菲利特大人，斐迪南大人捎來回覆了！」

「快拿給我看。」

我立刻看起文官伊格納茲帶回來的木板。然而，上頭的回覆讓我更是想抱頭哀嚎。

……不對，叔父大人！這不是我想要的答案！

「韋菲利特大人，上頭寫了什麼？」

近侍們滿懷期待的眼神讓我感到心痛。我轉過木板遞出去，讓大家能看到內容。

「上面寫著……你的近侍裡頭難道沒有見習文官嗎？或者全是一群連詢問信格式也

不曉得的無能之輩？叫他們再多用點心學習。而且只不過是詢問信，你應該要學會自己照著格式寫。」

「咦？」

端正優美的字跡先是寫了長長一串訓斥，最後才寫道：「圖書館能成為良藥也能成為劇毒。控管羅潔梅茵去圖書館的頻率，就和投藥一樣困難。不知道控管方式的無能之人要是胡亂干涉，只會造成嚴重災害。這次如果不是因為關係到圖書館，平常只要提供幾本書就能轉移她的注意力，偏偏你卻拿圖書館當誘餌……只能請一年級生們做好覺悟，努力達到她訂下的目標了。反正一年級的學科也沒多少東西要背。」這番建言固然令人感激，卻一點也沒有實質幫助。

「雖然斐迪南大人說沒有多少東西要背，但也沒有少到可以馬上背起來吧。」

「……因為羅潔梅茵沉睡了兩年醒來後，叔父大人就把課程內容都教給了她，所以是以她為基準，不是以一般的一年級生。」

羅潔梅茵儘管在尤列汾藥水裡睡了兩年，卻已經徹底記下一年級的學科課程內容，還能指導其他一年級生。如果以這樣的羅潔梅茵為基準，叔父大人肯定是心想，大家只要針對弱點補強就好了。

「看來羅潔梅茵大人與斐迪南大人都是真心認為，大家可以通過考試吧。」

「嗯……只能向其他一年級生說聲抱歉了。」

羅潔梅茵的施壓成功奏效，一年級生們含著淚水奮力趕上進度後，儘管有人的成績勉強在合格邊緣，但還是所有人都通過了考試。由於一年級生們接連幾門科目都是第一堂課就過關，引來了不少他領的矚目，覺得「艾倫菲斯特真厲害」。但是，我完全沒有因此感到得意自豪，只覺得如釋重負，同時也累得渾身無力。

自那之後，羅潔梅茵繼續惹出各式各樣的麻煩。

比如貴族院裡頭居然傳出了她騎著騎獸攻擊老師的謠言；去最奧之間採集神的意志，卻老半天沒有回來；只是去圖書館辦理登記，就成了魔導具的主人；每一門課都以最快且最優秀的成績過關；開始去圖書館以後，一去就是待上一整天；把魔導具帶回宿舍測量尺寸後，卻有他領前來挑釁尋事；我只能一顆心七上八下地待在宿舍裡頭等消息，最後竟得知她打贏了迪塔；王子還因此傳喚她過去；後來又與大領地的女性領主候補生展開交流；不過是去圖書館卻被王子帶走，還在失去意識之後被送回來——

我因為完全不曉得該怎麼辦，每次都要寫詢問信寄回艾倫菲斯特。明明除了思達普課，其他科目我都已經過關了，卻因為叔父大人總在批改過後又把報告書寄回來，害我一點也沒有已經上完課的感覺。比起通過考試，寫出能讓叔父大人滿意的報告書更困難好幾倍。幸好就讀高年級的表哥和表姊尚未修完課，還要一段時間之後才會開始安排茶會。我為此感到慶幸的同時，繼續寫著與羅潔梅茵有關的報告書。

「韋菲利特大人！好消息！」

平常和我一起寫報告書的見習文官伊格納茲面帶燦笑，拿著木板回到房間。似乎是回來的半路上從轉移廳的騎士手中，收到了定期寄來的信件。

「是叔父大人寄來了什麼有用的回覆嗎?!」

先前羅潔梅茵去了圖書館以後，卻被亞納索塔瓊斯王子帶走，還在屏除近侍的情況下，在談話途中失去意識。我除了報告這件事，也詢問了該如何與王子應對，看伊格納茲這樣子，一定是收到了有用的回覆。我伸出手去，伊格納茲卻「啊」地低叫一聲，有些不知所措地別開視線。

「怎麼了嗎？」

「不，其實是這次的報告書完全沒被斐迪南大人修改，他還稱讚我們的格式寫得非常好，我太高興了，一時忍不住就……」

「那叔父大人到底給了什麼回覆？」

終於得到了叔父大人的認可，我既高興但又有種無力感，心想這才不是我的目標！接著內心五味雜陳地看起木板。正如伊格納茲所說，叔父大人優美的字跡先是稱讚了我們這次的格式，然後是這段文字：「等羅潔梅茵身體一恢復，讓她立即返回艾倫菲斯特。」

「……結果居然是命令羅潔梅茵回去。」

「現在好不容易可以寫出完美的報告書了，觀察對象一走，就無法繼續寫了呢。」

「明明可以不用再寫報告書了，你為什麼這麼失望啊？」

聽了伊格納茲明顯放錯重點的感想，我不由得嘆氣，又看了一遍木板。這封信可說是確切無疑的返回命令。

……羅潔梅茵一回去，我也可以多花點時間在自己的事情上吧。

原本用來準備寫報告書的時間，都能改用我感興趣的事情和社交活動來填滿。入學前，我曾想像過自己在進入貴族院後會過著優雅閒適的生活。發覺現在總算能往憧憬的生活邁進一步，我從座位站起來，打從心底感謝下達了返回命令的父親大人他們。

這時的我還要一段時間才會知道——由於羅潔梅茵引來了各方矚目，為了應付接踵而來的茶會邀請，在她回去以後，我在貴族院的生活依舊與優雅完全無緣。

漢娜蘿蕾視角・難以掌握的時機

思達普課上，現在十分流行變出有徽章圖案的思達普。最先起頭的人是艾倫菲斯特的領主候補生韋菲利特大人，大家看到以後，爭相想要效仿。由於加入徽章以後，就能做出與旁人都不一樣的思達普，大家又很熟悉自己家族的徽章，有助於明確地想像出來。在想要與眾不同的學生之間，有徽章圖案的思達普相當流行。

課堂上，學生們都在練習發射路德紅光或者變出奧多南茲，我則是尋找韋菲利特大人的蹤影。因為只有在這堂課上，我才有機會輕鬆地與艾倫菲斯特的領主候補生交談。

「漢娜蘿蕾大人，在那邊喔。」

戴肯弗爾格中，和我上同一堂課的上級貴族們面帶笑容，指向韋菲利特大人所在的地方。我循著她們指的方向看去，發現男性領主候補生們正聚在一起有說有笑，不時變出思達普。一群人看來十分開心，但並沒有女性領主候補生也在其中。難道就只有我覺得在這種情況下，很難靠近他們嗎？

「漢娜蘿蕾大人，怎麼了嗎？」

我裹足不前，遲遲不敢踏出第一步，戴肯弗爾格的上級貴族們便納悶地向我問道。她們皆是見習侍從，大概非常渴望能與羅潔梅茵大人舉辦茶會，笑容散發出了無形的壓力，不禁讓我產生一種錯覺，彷彿首席侍從柯朵拉正站在這裡斥責我做事又猶豫不決。

……只要長年累月地累積經驗，見習侍從以後都會變成像柯朵拉那樣吧。

「您要為藍斯特勞德大人的失禮之舉表達歉意吧？」

眼前的女孩子們顯然很有潛力成為優秀的見習侍從，每個人都露出了與柯朵拉相似的笑容和眼神催促我。我大力吸一口氣。

……現在不是緊張的時候。必須為哥哥大人的無禮之舉道歉……為此要詢問羅潔梅茵大人的近況，然後確認是否方便邀請她參加茶會。

我一邊回想事前與大家討論過的內容，一邊在腦海中列出該問的事情和該講的話，接著慢慢地跨出第一步。

「奧爾特溫大人，您的徽章是立體圖案呢。」

「因為我們徽章上的神獸是蛇，只要像這樣讓蛇捲在思達普上，就算做成立體的圖案也不用消耗太多魔力。」

「原來如此。艾倫菲斯特的徽章是獅子，很難做成立體的圖案。」

雖然要打斷他們讓我很過意不去，但必須開口才能更進一步。我鼓起勇氣，張口呼喚。

「那個，韋菲利特大人……」

「漢娜蘿蕾大人，您也要為思達普加上徽章嗎？戴肯弗爾格的徽章是老鷹吧？」

韋菲利特大人回過頭來，二話不說讓我加入他們，臉上帶著很高興同伴又增加了的笑容。他似乎誤會我之所以開口叫他，是因為也想一起做有徽章的思達普。不對，並不是這樣。萬一他誤會了，等一下就很難把話題轉到茶會上，所以我急忙搖頭。

「韋菲利特大人想出來的徽章思達普雖然很吸引人，但因為我總有天要嫁往他領，不打算在要使用一輩子的思達普上加上老家徽章。」

其實這只是表面藉口。我因為操控魔力的經驗還不多，動作並不熟練，光要變出最基本的思達普並維持住外形就已經很吃力了，完全沒辦法再加上徽章。

「是喔，原來女性還要考慮這方面的問題。我因為只加上徽章的話，就和其他人沒有太大區別，所以打算在外形上再花點心思，做出像奧爾特溫大人那樣的立體圖案。」

韋菲利特大人變出自己的思達普後，用那雙深綠色眼睛緊盯著不放。看來他對現在的外觀還不滿意。

……跟只想快點修完課程的我比起來，韋菲利特大人真是太上進、太優秀了。

我暗自感到佩服，靜靜地注視韋菲利特大人。等到他暫且消除思達普，停下來歇口氣時，我立刻問起羅潔梅茵大人。

「對了，韋菲利特大人，羅潔梅茵大人最近還好嗎？」

我一丟出這個問題，與韋菲利特大人一起變著思達普的領主候補生們都閉起嘴巴，往我看過來。看來大家都很好奇火速修完課後就不見蹤影、據說還成了王族遺物主人的羅潔梅茵大人，此刻在做什麼吧。女性領主候補生們也悄悄地靠了過來。

「我如果邀請羅潔梅茵大人舉辦茶會，會不會造成她的困擾呢？因為哥哥大人先前對她似乎十分失禮，我很想邀請她來參加茶會，好好款待一番。」

聽見我這麼問，韋菲利特大人微微陷入沉思。就在這時候，我聽見有人自言自語似地低聲說：「戴肯弗爾格對艾倫菲斯特做出了失禮之舉嗎……？」我不由得轉頭看向聲音傳來的方向，只見多雷凡赫的領主候補生奧爾特溫大人正一臉若有所思。

「不是領地間的問題，只是個人之間有些誤會而已，奧爾特溫大人。我想代替哥哥大人說聲抱歉……雖然聽到我這麼說可能會覺得奇怪，但因為我從小就常常受到哥哥大人牽連。」

為免被解讀成是領地間有什麼紛爭，我急忙否認，然後表現出「哥哥大人真教人傷腦筋呢」的樣子嘆一口氣。見狀，奧爾特溫大人用力點頭。

「我懂。我也經常因為姊姊大人的關係感到頭痛。但當然不是什麼大不了的事情，都是些微不足道的小事……」

奧爾特溫大人的姊姊是阿道芬妮大人。記得她給人聰慧而穩重的感覺，但原來也常常令弟弟感到無奈。

……不過，只是小事的話倒還好呢。因為哥哥大人總讓事態變得更加嚴重。

似乎也總要為兄姊收拾善後的奧爾特溫大人他們紛紛表示同意，一群人深有同感地說著「弟弟和妹妹真的很辛苦呢」。當哥哥的韋菲利特大人顯得有些局促。

「韋菲利特大人，真是抱歉。明明是我問了問題，卻又自己聊起其他話題……」

「沒關係，但我站在哥哥的立場，倒覺得妹妹給我造成的麻煩也不少。為了報告妹妹做了哪些事情，我忙得都沒有自己的時間。」

看見韋菲利特大人一臉不滿，奧爾特溫大人笑了起來。

「哦？成績優秀又以最快速度修完課程的羅潔梅茵大人，做過哪些事情呢？」

「奧爾特溫大人，您應該也知道吧？現在到處都在謠傳，羅潔梅茵坐著乘坐型的騎獸嚇唬老師；之前進入最奧之間取得思達普時，她還昏倒在半路上失去意識，後來又成了圖書館魔導具的主人……每件事都教人頭痛。」

「嗯，的確，這些事連我也不曉得該怎麼處理。看來在艾倫菲斯特，是哥哥比較辛苦。」

「不過，一想到韋菲利特大人會為了羅潔梅茵大人忙碌奔波，那畫面很可愛呢。您真是疼愛妹妹。」

眾人嘻嘻輕笑起來，氣氛和樂融洽。這時，韋菲利特大人轉頭看我。

「漢娜蘿蕾大人，關於羅潔梅茵的近況，以及邀請她參加茶會這件事……羅潔梅茵修完課程以後，現在每天都去圖書館，最近似乎還會與老師以及庫拉森博克舉辦茶會，所以我想漢娜蘿蕾大人若邀請她，應該不會造成她的困擾吧。而且能夠得到戴肯弗爾格的邀請，是我們的榮幸。」

這麼爽快的回覆讓我安心地吁了口氣，但韋菲利特大人緊接著略微沉下臉來。

「……只不過，羅潔梅茵已經確定冬季中旬得回一趟艾倫菲斯特，所以可能沒剩下多少時間。」

「感謝您的告知。」

既然已經確定可以邀請，只要再去圖書館與羅潔梅茵大人在私底下見一面，然後開口邀請她，之後侍從們便會負責與她的近侍聯繫，為茶會做好萬全準備吧。我總算放下心來，說完：「很期待您最後完成的思達普呢。」隨即離開原地，回到戴肯弗爾格的藍色披風形成的小團體。

見習侍從們都興奮難抑地朝我走來。不知為何，居然連見習騎士們也撇下思達普的練習，跑過來湊熱鬧。之前曾向哥哥大人多嘴的拉薩塔克也在其中，只見他一臉遲疑地開口問道：

「漢娜蘿蕾大人，艾倫菲斯特是否給予了肯定的答覆呢？」

「嗯，韋菲利特大人說了，可以邀請羅潔梅茵大人舉辦茶會喔。聽說她現在每天都去圖書館，我打算先去圖書館與她見一面。」

我這麼回答後，拉薩塔克這才鬆開緊繃的肩膀，見習侍從們也露出開心的笑容。

「因為我們無法隨意與他領的領主候補生攀談嘛。漢娜蘿蕾大人，那再麻煩您了。」

「真想問問羅潔梅茵大人，她究竟是怎麼在迪塔比賽上想出那些妙計的呢。」「要不要也問問有關髮飾的事情？」「比起這些，她究竟是如何讓頭髮一直保持光澤……」見習侍從們宛如小鳥般嘰嘰喳喳，一邊討論著一邊散開。她們肯定已經滿腦子都在想著要如何準備茶會了吧。

「漢娜蘿蕾大人，真是非常抱歉，給您造成麻煩了。」

「拉薩塔克，你別再這麼自責了。反正我已經很習慣為哥哥大人收拾善後……只不過這次因為是在貴族院，還有他領的學生在，我才會一開始比較不知所措。」

每當哥哥大人做錯了什麼事情，不知為何母親大人總是連我也一起責罵，我還得幫忙收拾善後，所以這種情況已經不是頭一次，我早就習慣了。

……雖然我也不想習慣這種事情呢。

我一直心想著，至少要趕在羅潔梅茵大人返回艾倫菲斯特之前向她賠罪，這天終於有了自由時間，急忙前往圖書館。自從向韋菲利特大人打聽到了消息，早已經過了好幾天，但這是因為我的自由時間並不多。和很快修完了今年課程的羅潔梅茵大人不一樣，我還有好幾門課要上。

在圖書館裡繞了一圈後，我失望地長嘆口氣。很遺憾地，我沒能遇見羅潔梅茵大人。

「我們接到見習文官的報告，聽說羅潔梅茵大人今天要與庫拉森博克的艾格蘭緹娜大人舉辦茶會。」

……今天的運氣似乎不太好呢。

但是，本來就很難徹底掌握到有哪些領地要舉辦茶會，所以這也莫可奈何。只能等下一次機會了。

「柯朵拉，我下次是什麼時候能來圖書館呢？」

「下次是三天後。如果漢娜蘿蕾大人也能早些修完課程，會有更多的自由時間吧。」

可是姑且不說學科，術科都是我不太擅長的科目。就連騎獸課，我也還無法順利變出蘇彌魯的外形。

……因為看來很方便，我打算做乘坐型的騎獸。

三天後，總算又有了自由時間，我再度前往圖書館。怎知半路上，我就看見亞納索塔瓊斯王子正帶著羅潔梅茵大人往某處移動，頓時垮下肩膀。

……啊啊，今天也沒辦法向羅潔梅茵大人道歉了。希望下一次時之女神德蕾梵庫亞能夠給予我庇佑。

羅潔梅茵大人的臉色相當蒼白，走在亞納索塔瓊斯王子後頭，距離卻與他越拉越遠。從她這副模樣看來，我馬上理解到她一定是在無法推辭的情況下接到召見。光是想像了自己接到王族召見的情景，連我也跟著捏把冷汗。

隔天我也去了圖書館，卻沒能見到羅潔梅茵大人。我請見習文官去打探消息後，才知道羅潔梅茵大人正臥床不起。

「漢娜蘿蕾大人，您還是放棄要當面見到羅潔梅茵大人這件事，直接向她送出茶會的邀請函吧？您實在太常錯過時機了。」

聽見柯朵拉這麼提議，我思考了一會兒。雖說一起上過課，但跟後來慢慢變得熟稔的其他領主候補生不同，我私底下從未與羅潔梅茵大人說過半句話，可以說是只給她造成了困擾，卻從來沒有機會互相結識。

我本想至少在正式結識過後，再開口邀請她參加茶會，但照這樣下去，我會一直都無法道歉，羅潔梅茵大人就返回了艾倫菲斯特。

「……柯朵拉，請向艾倫菲斯特寄出茶會邀請函吧。由於我與羅潔梅茵大人私下還沒有過交集，收件人請寫艾倫菲斯特的領主候補生。」

「遵命。」

我交由柯朵拉安排茶會事宜，一邊祈禱著羅潔梅茵大人能早日恢復健康，一邊努力學習。希望自己也能有多一點的自由時間。

「漢娜蘿蕾大人，聽說羅潔梅茵大人出現在圖書館了。」

「那我們馬上過去。」

我收起書本，快步趕往圖書館。由於移動時得帶著侍從、見習文官、見習護衛騎士與近侍，隊伍相當浩大，所以領主候補生一般很少親自前往圖書館，都是吩咐見習文官把想看的書借回來。

……羅潔梅茵大人為什麼要待在圖書館看書呢？

領主候補生若每天前往圖書館，想借閱覽席的下級貴族與必須陪同的近侍，應該都會很傷腦筋。近侍們自己也要上課，如果每天都要陪著羅潔梅茵大人去圖書館，我想必定十分辛苦。

……難不成羅潔梅茵大人的近侍們也已經修完課程了？還是說一旦成為巨大蘇彌魯的主人，就得遵守某些規定，例如必須在圖書館待上固定的一段時間？

仔細想想，以往兩隻蘇彌魯的主人都是中央的上級圖書館員，也許確實需要在圖書館裡待上一段時間。

……看來我不可能當主人呢。

想著這些事情的時候，我們也來到了圖書館，卻沒在一樓的閱覽室裡見到羅潔梅茵大人的身影。我在館內頻頻來回張望，索蘭芝老師於是朝我走來。

「戴肯弗爾格的漢娜蘿蕾大人，您在找什麼呢？」

「我聽說艾倫菲斯特的羅潔梅茵大人來到了圖書館……」

「羅潔梅茵大人已經返回宿舍了喔。方才她只是來通知我，由於她身體不適，將提前返回艾倫菲斯特。」

「這、這樣子呀……感謝您特意告知。」

我內心遭受到了極其巨大的衝擊，對於自己竟然還能帶著笑容回應對方，真希望有人能來稱讚我一聲。因為明明我已經這麼頻繁來圖書館了，最終卻還是沒能趕上。

……怎麼會這樣?!我都還沒道歉，羅潔梅茵大人居然就要回去了！時之女神德蕾梵庫亞該不會其實很討厭我吧？

我強忍住想當場蹲下來的衝動，返回宿舍。回到房間以後，我無比失望地垂下腦袋，柯朵拉一邊說著「這也沒辦法呢」，一邊緩緩搖頭。

「大小姐，您去的時機真是太不湊巧了。」

「柯朵拉，這根本不算是安慰。」

……我居然可以每次都錯過時機，這點難道真的沒有辦法改善嗎？

我本來就已經十分沮喪，之後又發生了讓我更是意志消沉的好幾件事情。

首先，是原本要寄給羅潔梅茵大人的邀請函，結果落到了韋菲利特大人手中。收到戴肯弗爾格領主候補生提出的邀請，他根本無法拒絕。

其實我也可以主動撤回邀請，但對艾倫菲斯特的新流行極感興趣的女孩子們，紛紛朝我投來充滿期待的目光，膽小如我實在沒有勇氣停辦茶會。

……真的非常對不起，韋菲利特大人！

再來，是得知韋菲利特大人因為參加了我舉辦的茶會，所以也不得不參加其他人的茶會時，我又為此受到打擊。茶會上，由於其他出席者全是女性，韋菲利特大人顯得相當不自在，但他還是不忘面帶笑容，不過不失地回答問題。我在心裡頭拚命向他道歉。

……我真的沒想到事情會變成這樣，韋菲利特大人！

最後，是洛飛老師竟然向艾倫菲斯特提出了再一次比迪塔的請求。接到這個消息時，我只覺得眼前一黑。因為他對羅潔梅茵大人的妙計讚不絕口，所以我沒想到他會在羅潔梅茵大人返回艾倫菲斯特期間，再次提出對戰要求。恐怕洛飛老師並不知道羅潔梅茵大人已經回去了吧。

……真的、真的非常對不起，韋菲利特大人！

就算只有一點也好，哪怕真的只有一點也好，我由衷期盼著時之女神德蕾梵庫亞能夠賜予我些許庇佑。

韋菲利特視角・女性的茶會

收到父親大人下達的返回命令以後，羅潔梅茵卻無法馬上死心，堅稱要花點時間進行準備，拖延了整整三天才出發。不過最終，羅潔梅茵總算是回去了。

自從進入貴族院，我已經數不清有多少次都抱頭吶喊：「到底事情為什麼會變成這樣?!」但是，為了去圖書館而失控、還莫名其妙與王族以及上位領地有了交集、惹得父親大人他們暴跳如雷的妹妹，現在終於離開了。這下子我可以過得悠閒一點了吧。

「明明我幾乎修完了所有科目，這陣子卻得忙著寫報告書，說明羅潔梅茵做了哪些事情，一點也不覺得自由時間有變多。但接下來我就自由了！」

「今後不必再寄送報告書，我也能夠專心上課了吧。」

和我一起寫報告書要寄給叔父大人的伊格納茲他們，也都撫胸鬆了口氣。由於羅潔梅茵實在惹出了太多麻煩，連我的近侍也跟著遭殃。也因此近侍當中很少有人已經修完課程，我就算有了自由時間，也幾乎無法離開宿舍。

「你們也快點修完今年的課吧。」

「遵命。」

然而，好不容易重獲自由，愉快的心情也只持續到當天傍晚。因為我的近侍之中現為三年級生的見習侍從伊西多，拿來了戴肯弗爾格的邀請函。

「茶會的邀請函嗎？這麼說來，漢娜蘿蕾大人曾說過她想款待羅潔梅茵。」

我想起思達普課上，戴肯弗爾格的領主候補生漢娜蘿蕾大人，曾向我詢問過羅潔梅茵的行程。

「韋菲利特大人，我從未聽您提起過這件事……」

「抱歉。因為算是課堂上的閒聊，又跟羅潔梅茵有關，我以為不需要向你報告。」

奧斯華德沉下臉來，我道歉後，詳細說明。

「漢娜蘿蕾大人說了，因為藍斯特勞德大人之前做了失禮的舉動，想邀請羅潔梅茵好好款待她。這封邀請函就是要給她的吧。可惜的是，漢娜蘿蕾大人沒能來得及……」

我低頭看著手中的邀請函。漢娜蘿蕾大人想必非常失望，但我也無能為力。

「伊西多，既然羅潔梅茵已經回去了，把這封邀請函交給她的近侍，請他們回信拒絕吧。這是給妹妹的邀請函，怎麼能拿來給我。」

羅潔梅茵的近侍並不是所有人都跟著一起回去，這又是她的事情，該由她的近侍解決。我遞出邀請函，伊西多卻沒有接過去，還與奧斯華德互相對看。

「不，這場茶會韋菲利特大人必須出席。」

「……為什麼？漢娜蘿蕾大人說過，她想邀請的人是羅潔梅茵。如果因為羅潔梅茵不在就由我代為參加，漢娜蘿蕾大人也會很為難吧？」

漢娜蘿蕾大人感到過意不去的對象是羅潔梅茵，當初也沒特別問過我有什麼安排。只是我都這麼反駁了，伊西多卻還是堅持我得參加。首席侍從奧斯華德也面露難色地環抱雙臂。

「韋菲利特大人，請您仔細看這裡。這封邀請函並未指名要給羅潔梅茵大人，而是指定艾倫菲斯特的領主候補生。既然韋菲利特大人也是領主候補生，回絕就太失禮了。」

……什麼?!

如果是一開始就有打算邀請男性的茶會那倒無所謂，但這個茶會預計是要女性一同談天，我還出席的話會非常尷尬。然而，我似乎無法拒絕。

「……就算我已經告訴過對方，羅潔梅茵不久後會回去，還是不能回絕嗎？呃，因為漢娜蘿蕾大人本來是想寄給羅潔梅茵，代表這是女性參加的茶會吧？」

我感到畏縮地這麼表示，奧斯華德卻搖了搖頭。

「問題並不在此。根據韋菲利特大人剛才的說明，漢娜蘿蕾大人是因為藍斯特勞德大人做了失禮之舉，想邀請羅潔梅茵大人參加茶會，好好款待一番吧？邀請函上還寫著，想藉這機會加深交流。」

「我是這麼說過沒錯……」

「這就代表著，先前因為圖書館的魔導具而演變成要比奪寶迪塔一事，漢娜蘿蕾大人認為是戴肯弗爾格做得不對，想要表達歉意。」

聽完奧斯華德的分析，我點點頭。我原本還擔心，萬一戴肯弗爾格仍是無法放棄圖書館的魔導具，會再次找我們麻煩；但如果領主候補生漢娜蘿蕾大人認為這件事情都是他們不好，那麼往後應該會幫忙制止藍斯特勞德大人吧。

「這不是好事嗎？」

「是的。考慮到漢娜蘿蕾大人今後很有可能站在艾倫菲斯特這一邊，這確實是好現象。但是，有個地方必須特別留意。」

奧斯華德說著，指向邀請函上寫著寄件人的地方。上頭寫著漢娜蘿蕾大人一個人的名字。

「也就是邀請者只有漢娜蘿蕾大人一人。這裡寫的既不是領地名戴肯弗爾格，先前引起那些騷動的藍斯特勞德大人也並未一同署名。代表對於這次的事情，藍斯特勞德大人並不認為自己有錯，單純只是漢娜蘿蕾大人個人認為他做出了失禮之舉。」

我「嗯嗯」地點頭聆聽。但不過就是寄件人的名字，不會太過度解讀嗎？要我只是收到一封邀請函就解讀出這麼多訊息，未免太強人所難了。

「倘若韋菲利特大人拒絕出席這個茶會，將意味著縱然漢娜蘿蕾大人個人有意賠罪，艾倫菲斯特卻毫不領情。」

「你說什麼?!」

「因為邀請函上註明的收件人並非個人，而是艾倫菲斯特吧？韋菲利特大人若是拒絕，等同我們領地全體面對戴肯弗爾格，採取了強硬且絕不妥協的姿態。如今羅潔梅茵大人既不在，韋菲利特大人勢必得出席。」

奧斯華德語氣平淡地說明完，我感到一陣頭暈目眩。不過是場茶會，我完全沒想過會嚴重影響到領地間的關係。

「可是，在艾倫菲斯特的茶會又不是這樣……」

「在領內舉辦茶會，會影響到的是派系間的關係，在貴族院則是領地間的關係。所以，像羅潔梅茵大人那樣言行輕率，導致與王族還有上位領地產生交集，這種情況其實讓人相當頭疼。這場風波的開端，也是因為羅潔梅茵大人不願把主人的位置讓給戴肯弗爾格吧？假使當時果斷放棄魔導具，依著領地的順位行事，根本不會發生紛爭。」

奧斯華德語重心長，告訴我身分的差異與懂得識時務有多麼重要。他說艾倫菲斯特現在的順位雖在中間，但政變之前卻始終是在底部徘徊，所以政變過後排名下降的領地都看我們不順眼。參加社交活動時，保持低調也很重要。

……照他這麼說，羅潔梅茵根本不適合在貴族院與人社交吧？

因為她的外表年幼，光是出席人多的場合便會引來側目；而且明明只是來貴族院上課，就發生了那麼多我得向領地報告的事情。

「既然這封邀請函註明要給艾倫菲斯特的領主候補生，代表對對方而言，最重要的是讓艾倫菲斯特接受自己的道歉吧。如果漢娜蘿蕾大人認為非得向羅潔梅茵大人道歉不可，應該會指定她寄出邀請函。」

「……不，不對。我想可能是因為漢娜蘿蕾大人與羅潔梅茵還沒正式結識。」

若沒有個人私交，就無法指定對方寄出邀請函，所以只能註明給艾倫菲斯特吧。聽了我的推測，奧斯華德一臉納悶地盤起手臂。

「韋菲利特大人，您說過漢娜蘿蕾大人是一年級生吧？」

「嗯，對啊。」

「那麼為何上同樣的課，待在同一間教室裡，兩位會無法結識呢？倘若年級與性別不同，那我還能理解，但她們可是同年又同性別的領主候補生……」

奧斯華德的想法可以說是一般人的常識，近侍們也表示贊同。唯獨和我上同樣的課，也是一年級生的見習騎士格雷果看著我點了點頭。

「我認為兩位會無法結識也很正常，因為羅潔梅茵大人幾乎所有科目都只出席了第一堂課……再者，我也從未看她與他領的學生有過交流。」

格雷果說完他的看法後，我也點頭同意。羅潔梅茵不只學科，就連術科也幾乎是一次就過關。我覺得她滿腦子都只想著要通過考試，從沒考慮過要與他領的學生說說話。

但是，她明明與上同一門課的人完全沒有私下交流，卻與王族以及庫拉森博克的艾格蘭緹娜大人往來密切，還每天都去圖書館。羅潔梅茵的人際關係真是太奇怪了。但就算再次認清羅潔梅茵有多麼異於常人，情況也不會改變，我還是得參加戴肯弗爾格的茶會。

「……雖然我也不願意，但沒辦法，只能由我出席茶會了。可是，這種全是女性的茶會，我只在祖母大人有訪客時，以及與母親大人和夏綠蒂舉辦家庭式的茶會時才參加過，真的沒問題嗎？」

我看向近侍們，大家也不安地面面相覷。奧斯華德夾雜著嘆息，開口說了。

「韋菲利特大人，我們這些近侍也同樣深感不安。身為侍從，雖說大略學習過女性的社交方式，但從未長期參加過只有女性的茶會。更何況女性之間的流行與只有自己人才曉得的常識，總是在短時間內不停變換。再加上，這次的對象還是往年都對艾倫菲斯特不屑一顧的大領地。」

不只奧斯華德，我的侍從全是男性，沒人了解女性是如何社交。光靠我們，屆時很有可能無法周全地與女性應對。

「那該怎麼辦？」

「向羅潔梅茵大人還留在宿舍裡的見習侍從請求協助如何？她們已經與亞納索塔瓊

斯王子，也與庫拉森博克的領主候補生舉辦過茶會，而且我記得羅潔梅茵大人也吩咐過她們，要為我們提供協助。再者，既然她們之前都能陪著主人一起去圖書館，應該也快要修完所有課程了吧。」

羅潔梅茵那麼頻繁地每天前往圖書館，會對近侍造成很大的負擔吧。先前我還對此不以為然地皺眉，想不到她的失控偶爾也能幫上忙。

「嗯，如果她的近侍幾乎都上完課了，現在有空閒的時間，那剛好可以幫忙。反正這本來就是羅潔梅茵該出席的茶會。那麼關於與戴肯弗爾格舉辦茶會這件事，全部交給她的近侍去安排吧。」

就這樣，我決定完全交由羅潔梅茵的見習侍從去籌備茶會。我的近侍們還有不少課要上，那就由有空閒時間的她們幫忙做事，我認為非常合理。

「今日能夠參加戴肯弗爾格的茶會，真是我的榮幸。」

「韋菲利特大人，雖說有可能造成您的負擔，但很高興您還願意出席。」

漢娜蘿蕾大人微微垂下那對紅色眼眸，看得出來對我感到過意不去。我很快掃視了茶會室一圈，發現除了我以外沒有其他男性。內心懷抱的淡淡期待終於徹底破滅。

「藍斯特勞德大人並沒有出席呢。」

「……實在非常抱歉，因為這是我個人舉辦的茶會。」

「不，我明白。我早就有心理準備了。請您別放在心上……」

我慢慢地深呼吸，重新打起精神，在帶領下走向座位。不曉得心裡有什麼盤算，在場女性都目露炯炯精光。我在她們的包圍下幾乎想臨陣脫逃，但還是挺胸面帶笑容。

……沒事的，沒有叔父大人可怕、沒有叔父大人可怕。

我彷彿咒語一樣在心裡默唸這句話，偷偷觀察侍從的行動。羅潔梅茵的見習侍從正把見面禮交給漢娜蘿蕾大人的近侍，見習文官則是準備著紙筆。大概是因為與庫拉森博克舉辦過茶會，已經有經驗了，她們的動作都很熟練。真是可靠。希望她們可以代替我的近侍好好加油。因為面對只有女性的茶會，我的近侍們全緊張得大氣不敢喘一聲。

「哎呀，韋菲利特大人，這個點心也是艾倫菲斯特的新流行嗎？」

「是的，這叫磅蛋糕。」

「雖說有兩種口味，但都是一樣的點心嗎？竟然可以做出不同的變化，真是不可思議呢。」

「是、是的，都是一樣的點心。」

……糟糕，對話無法持續下去。

磅蛋糕是由羅潔梅茵發明，如今在艾倫菲斯特非常流行的點心。儘管我在城堡裡頭吃過幾次，但根本不曉得磅蛋糕有哪些種類，今天準備的口味又是什麼。正確地說，是茶會前雖然告訴過我今天的磅蛋糕有「原味與酒漬水果」，但到底哪個是哪個？

平常我只要回頭問奧斯華德就好了，但在他領的茶會室，不能回過頭與侍從交談。侍從能做的，就只有在倒茶時提供些許建言。

我稍微舉起茶杯，這是請侍從幫我添加茶水時的示意動作。在後頭待命的奧斯華德

說著：「失禮了，韋菲利特大人。」然後上前接過茶杯。

……就是現在！

我臉上繼續掛著客套笑容，用只有奧斯華德能聽見的音量飛快問道。奧斯華德的表情不變，微微後退幫我重新倒了杯茶，再端來冒著熱氣的茶杯。

「原味是哪一個？」

「是什麼也沒加的那一種。」

……很好。什麼也沒加的是原味，那有加東西的就是酒漬水果吧。

話說回來，羅潔梅茵為什麼要取這麼難懂的名字？用聽的根本不知道原料是什麼。這些名稱也太不平易近人了。

「韋菲利特大人，這邊的磅蛋糕是加了什麼增添風味呢？」

「那個磅蛋糕是酒漬水果。」

……嗯？等一下。是加了酒漬水果增添風味沒錯吧？但酒漬水果又是什麼？

我正滿腹疑惑，坐在旁邊的女性似乎也心生同樣的疑問，向我問道：

「請問酒漬水果是什麼呢？這款磅蛋糕有著濃郁的酒香，是男士偏好的口味嗎？」

……奧斯華德！酒漬水果是什麼?!

但偏偏我剛請他重新添茶，無法叫他再倒一次。現在這個局面只能靠我自己了。總之我先擠出笑容。

「是啊，我個人相當喜歡，但不怎麼符合女性的喜好嗎？那麼下次我會挑選適合女性、不帶酒香的口味。」
「哎呀，真教人期待呢。」
……好耶，我成功度過難關了——！
雖然自始至終我都有種自己正站在懸崖邊緣的感覺，但至少討論的話題是自己曾吃過的磅蛋糕，所以還不算什麼。即便回答得模稜兩可，也能勉強蒙混過關。女性們也因為正在實際品嘗，就算我有些答非所問，仍會點頭回應。然而，話題一轉到髮飾與絲髮精上，她們散發出來的氣勢簡直判若兩人。
「交流會上，大家都注意到了艾倫菲斯特女學生們的頭髮唷。究竟是使用了什麼產品，才能讓頭髮那般充滿光澤呢？」
「產品是怎麼製造出來的呢？啊，這是祕密吧？既然是艾倫菲斯特的新流行，今後已經確定要開始販售了嗎？我一定會購買。」
「我覺得羅潔梅茵大人戴在頭上的髮飾更吸引人呢。現在能向工匠下訂了嗎？」
一群人不約而同地向我丟來問題。等一下，太多人講話我聽不清楚。聽不清楚就無法回答。而且決定貿易事宜的人是父親大人，不是我。女性們除了表示想看看實物、很想自己嘗試看看之外，還詢問我使用後的感想。但這是女性用的商品，我怎麼會知道！
總之我一直努力保持笑容，當作這就和以前拚命讚美祖母大人那時一樣，反覆這麼回答：「羅潔梅茵回來以後，請各位一定要邀請她。」

……終於結束了。

羅潔梅茵的近侍們雖然幫忙準備了茶會，卻完全沒有提供給我與人應答所需的資訊。而且茶會期間，一群侍從與文官還非常熱絡地在交換情報。明明代替她們主人參加的我這麼苦惱，她們卻看也不看我一眼，也不伸出援手。

……這本來是妳們的主人該出席的茶會喔！我還得耗費心力參加原本不在預定計畫內的女性茶會，妳們應該對代理主人多用點心吧！

儘管我大感不滿，但現在負責指導年輕人的黎希達與主人羅潔梅茵不在，奧斯華德說我跳過兩人去提醒她們並不恰當，所以只能把話又吞回肚子裡。

反正只有這麼一次，也不用特意去提醒她們……我這樣心想著壓下怒火，卻又接二連三地收到邀請函。

「……我明明在茶會上再三聲明羅潔梅茵不在，為什麼還會收到邀請函？」

「想必是韋菲利特大人得到了不錯的評價，認為您即使參加女性的茶會也能應對自如吧？也可能是絲髮精與磅蛋糕實在太過新奇，所有人都想比其他領地早一些得到情報。」

原本在貴族院，要到大多數人都修完課的冬季後半才是社交活動期間，很少有人在這個時期就頻繁舉辦茶會。

「……奧斯華德，這些茶會我都得出席嗎？」

「是的。因為這次的邀請函全是指名要給韋菲利特大人。」

「唔唔……」我瞪著奧斯華德手上的邀請函發出呻吟，但數量還是完全沒減少。

就這樣，由於羅潔梅茵不在的關係，我不得不一再出席全是女性的茶會，必須陪同的近侍們也疲憊不堪。

「……全是女性的茶會有夠累人，真希望也能參加男性的社交活動。」

「我們非常能夠體會您的心情。」

本來這些茶會都是羅潔梅茵該出席的，枉費我這麼大力相助，卻聽說她的見習侍從竟然向奧斯華德委婉地表達不滿。

「羅潔梅茵大人的侍從向我表示，韋菲利特大人並不是她們的主人，卻把太多工作都丟給了她們；還說希望您別想也不想就一口答應，可以推掉一些茶會邀請。」

「那個人在說什麼啊？我就算不是她們的主人，也是領主一族，現在羅潔梅茵不在，我在宿舍裡是地位最高的管理者吧？」

「您說得沒錯。只要您下令，她們不能拒絕。」

奧斯華德說完，我點點頭。雖然我吩咐的事情都能辦好，但羅潔梅茵的近侍也太不機靈了。真希望她們能用點心思去察覺上位者的意圖。

「但話說回來，我們同樣是芙蘿洛翠亞派的貴族，她們應該要更樂意幫忙才對吧。」

「比起芙蘿洛翠亞派，她們更算是萊瑟岡古派吧。萊瑟岡古派的貴族們從以前開始就老是為難領主一族，也經常與領主一族唱反調。」

據說雙方從許久前開始就結下不少恩怨，比如他們始終不願接納從亞倫斯伯罕嫁來的女性貴族、欺負當年還小的祖母大人，還有千方百計想讓萊瑟岡古的女性貴族嫁給父親大人當第二夫人，因而激怒祖母大人。

「同為一族的羅潔梅茵大人成為領主的養女以後，萊瑟岡古的貴族們很有可能變得更是狂妄。但是，必須讓她們明白到領主一族的地位更高才行。請韋菲利特大人面對她們的時候，要表現得堅毅剛強。」

「……羅潔梅茵對自己的近侍是不是有些缺乏管教啊？」

我還清楚記得，當初她曾和黎希達兩人針對學習進度，對我的近侍們發了不少牢騷。虧她說得那麼神氣，但根本沒有好好教育自己的近侍嘛。

「韋菲利特大人，萊瑟岡古的貴族有些難以應付，與羅潔梅茵大人對他們的教育不足，這兩件事還請您分開來看。」

「嗯？你是什麼意思？」

「她們都是羅潔梅茵大人來到貴族院以後才納的近侍。在決定好近侍人選後，一直到羅潔梅茵大人又返回艾倫菲斯特，您想這中間經過多少時間？不過一個月左右而已。所以不能懷抱過高的期望。」

雖然羅潔梅茵的近侍們明顯不夠細心，但想到她們成為近侍後只過一個月左右，我突然覺得這也無可厚非。我的近侍們很早就開始侍奉我，不能與他們相比吧。

……現在看來我也只能忍耐，只希望羅潔梅茵的近侍們能在明年到來前有所成長。

我告訴自己「生氣也沒用」，看著最新收到的茶會邀請函，寫下願意出席的回覆。

安潔莉卡視角・神殿的護衛騎士

「父親大人、母親大人，奉獻儀式期間，我可以留在神殿過夜嗎？因為這陣子剛好是風雪最猛烈的時候，羅潔梅茵大人擔心我每天來回會有危險。」

斐迪南大人與騎士團長都已經同意我能在神殿執行護衛任務，但是關於能否在神殿留宿，他們卻要我徵得父母的許可。由於父母親基本上總是禁止我做任何事情，讓我實在提不起勁開口，但還是姑且詢問看看。

「神殿不是未婚的貴族女性該去的地方吧？安潔莉卡，妳居然要在那種地方住上好幾天……真的沒關係嗎？」

母親大人一臉擔憂地問道，但我只是偏過頭。住在神殿有什麼不妥嗎？

「羅潔梅茵大人也是尚未結婚的貴族女性，還在神殿長大。更何況我是羅潔梅茵大人的護衛騎士，待在主人身邊是理所當然的事情。神殿是危險到了母親大人會感到擔心的地方嗎？倘若如此，那我更應該守在羅潔梅茵大人身邊。」

首次去神殿時，我只與擔任侍從的灰衣神官們打了照面，還有聽達穆爾說明工作內容，並沒有遇到什麼危險。後來，因為要出席師父波尼法狄斯大人名為訓練的審問會，好幾天沒去神殿。我的師父非常喜愛羅潔梅茵大人，想要了解她在貴族院的一舉一動。

現在師父總算允許我前往神殿了，但如果神殿其實是個連父母親都會擔心的危險場所，那我必須預先提高警覺。事先了解究竟會有哪些潛藏危險，是非常重要的事情。我伸手摸向斯汀略克，卻見父親大人擺了擺手，嘆一口氣。

「不是妳想的那種危險。我們確實會擔心因此傳出不好的流言，但神殿與以前相比，似乎變了許多。如今神殿長已改由羅潔梅茵大人擔任，斐迪南大人又以神官長的身分負責監督；最主要也是因為羅潔梅茵大人浸入尤列汾藥水以後，為了保護她，這兩年來都禁止貴族出入神殿吧。」

「……這樣子啊。我好像明白了。」

我對以前的神殿不感興趣，所以完全不清楚，但聽說因為羅潔梅茵大人的關係，各方面都有不少變化。就好比兒童室的情況也和以前不一樣吧，大概。

「再者妳被任命為護衛騎士時，條件就是要能出入神殿吧？所以我認為安潔莉卡留在神殿過夜也無妨。」

「但出入神殿與留宿是兩回事吧？」

好不容易父親大人下達了許可，母親大人卻表示反對。我很清楚這種時候我若開口，只會讓母親大人更加反對，所以最好的方法就是等她自己冷靜下來。我不發一語，靜靜注視父親大人。

「這次安潔莉卡甚至在冬季中旬就修完了貴族院的所有課程，看得出來羅潔梅茵大人為她十分操心。既然羅潔梅茵大人希望安潔莉卡留在神殿過夜，那麼順從她的心願也是近侍的職責。剩下的時間，妳就去侍奉自己的主人吧。」

「是，父親大人。」

想起為了激勵我，說她要教我第四階段魔力壓縮法的羅潔梅茵大人，我用力一點頭。要是沒有這個獎勵，我肯定無法和羅潔梅茵大人一同回來。

「但若在神殿過夜，不知道安潔莉卡的未婚夫會作何感想……」

「這次是在波尼法狄斯大人的大力促成下，才敲定了托勞戈特大人與安潔莉卡的婚事，不至於因為一點流言就取消婚約吧。要是因為有個會出入神殿的女兒就能取消婚約，我個人反而還能卸下心口大石。」

父親大人垮下肩膀說道，母親大人也看著我露出傷腦筋的笑容。每當這種時候，我都對於自己無法回應父母的期待感到有些難過。但是，這次不一樣了。我挺起胸膛。就算是我也可以實現父母的心願。

「父親大人、母親大人，請放心吧。由於托勞戈特大人辭去了羅潔梅茵大人的護衛騎士一職，與我的婚約將會取消。黎希達與波尼法狄斯大人說了，等他們在親族會議上有了更進一步的決定後會通知我，要我等候消息。」

「……什麼？」

父母親雙雙瞪大眼睛，眨也不眨地凝視我。怎麼看都不像是高興聽到婚約解除的表情。兩人甚至一臉驚訝，散發出了某種危險氣息。

……怎麼辦呢？

這種驚訝到說不出話來的表情是種前兆，代表痛苦的時間即將開始。他們肯定會不厭其煩地反覆追問我無法回答的問題。我趕在父母親開口前迅速轉身，變出騎獸跳上去，飛往城堡的騎士宿舍。父親大人已經同意我在神殿過夜了，可不能浪費時間。

……真是好險。

逃離了父母魔掌的我在騎士宿舍與達穆爾會合，接著前往神殿。

「安潔莉卡，好像有幾天沒看到妳了呢。」

羅潔梅茵大人面帶笑容，迎接我的到來。大概是因為這個位置確實屬於自己，我總覺得執行護衛任務的時候，最能夠做原本的自己。

即便在神殿，羅潔梅茵大人也會練習飛蘇平琴。看著她明明樂師不在卻還是認真練琴的身影，我覺得領主候補生真的很辛苦。若是要求我達到領主候補生的合格標準，我恐怕永遠也畢不了業。

不久第三鐘響了。為了幫斐迪南大人處理公務，羅潔梅茵大人往神官長室移動。我與達穆爾也以護衛騎士的身分同行。只見羅潔梅茵大人面前的那疊資料越來越高，分量幾乎與旁邊的成年人差不多，她卻一派理所當然地說：「我能做的只有幫忙計算而已。」

「可以計算這麼多資料，我覺得您已經非常了不起了。」

儘管才剛進入貴族院就讀，羅潔梅茵大人就已經能夠處理與成年人相差無幾的工作量，我為她的優秀感到讚嘆。但是，佩服的心情也只持續到斐迪南大人下達指示為止。

「艾克哈特，這個給你；達穆爾，你在那邊處理這些；安潔莉卡就與達穆爾一起……」

「身為護衛騎士，我會死守在門邊不讓任何人進來。」

眼看文書工作就要落到自己頭上，我急忙緊緊貼在門上。我從沒聽說護衛騎士也要幫忙計算！好不容易修完貴族院的課程，可以擺脫讀書學習了。我正打定主意無論如何都要抵抗到底時，卻聽見斐迪南大人接著說：「把工作分配給無能的人也只是浪費時間。那我們開始吧。」然後督促我以外的所有人開始工作。

……斐迪南大人真是英明睿智。

對於他重視效率，絕不浪費時間的行事作風，我肅然起敬。我在計算方面完全沒天分，父親大人他們也經常拉長了臉，說我害他們要重算一次。但是明知如此，父母與親族不知為何總想讓我處理文書工作，事後又老大不高興地嫌我計算速度太慢了、錯誤太多，或者抱怨我害他們要多花時間重新計算。明明一再讓我做同樣的事情，又一再對我發同樣的牢騷根本只是浪費時間，他們卻一點也沒有意識到這點，讓我感到匪夷所思。而且每次都會讓我覺得自己一無是處，心情變得很沉重。

此刻，屋內只有喀喳喀喳、喀喀喀……操作著計算機與寫字的聲響。在神殿，文官與侍從該做的工作並沒有明確劃分開來嗎？眼下羅潔梅茵大人的侍從們都在處理文書工作。我站在門邊，環顧神官長室。除了神殿長、神官長及兩位的侍從，連達穆爾與艾克哈特大人明明是護衛騎士，居然也都在計算資料。身為護衛騎士的我，其實本來也該加入他們才對吧。

……看來我太過小覷護衛騎士在神殿該做的工作了。

這時門外傳來「叮鈴」鈴聲。就在我附近工作的灰衣神官旋即起身，上前開門說道：「坎菲爾大人，恭候您的大駕。」我則是警戒地把手放在斯汀略克上。

那名青衣神官與他帶來的侍從們正站在門外，看見我後一致睜圓雙眼。

「這位是安潔莉卡大人，她是羅潔梅茵大人新納的護衛騎士，往後將會出入神殿。安潔莉卡大人，他們只是來提交文件，無須如此戒備。」

「這樣啊……」

由於我還聽不出鈴聲的差異，無法判斷來者是誰，所以每當鈴聲響起就會採取警戒，也因此嚇到了前來提交文件的青衣神官們。

第四鐘響後，就是午餐時間。羅潔梅茵大人吃午餐的時候，我與達穆爾也會輪流用餐。在旁邊服侍我的人是莫妮卡。我本來想和在騎士宿舍一樣快速吃完，餐點卻出乎意料的美味，讓我忍不住放慢速度細細品嘗。

「……神殿的伙食和貴族院的一樣好吃。」

「因為餐點都是由羅潔梅茵大人的專屬廚師製作，聽說也和城堡的伙食一樣喔。達穆爾大人好像也很滿意神殿的餐點，很高興安潔莉卡大人也喜歡。」

接著，莫妮卡一邊泡飯後的茶，一邊觀察我的表情說：「安潔莉卡大人，能占用您一點時間嗎？」她說是關於在神殿的生活，有話想跟我說。

……聽是沒問題，但記不記得住就另當別論了。

「由於安潔莉卡大人要在神殿生活，有件事情想徵得您的同意。」

「什麼事？」

「我聽說貴族女性的侍從都是同性，但是，在神殿照料您生活起居的侍從，同時也要服侍羅潔梅茵大人，所以不可能所有的雜務都由女性進行。」

經莫妮卡這麼說，我想起了在神殿裡看到的侍從，確實好像是男士居多。

「例如協助您沐浴與更衣這類會觸碰到肌膚的事情，都會由我或是妮可拉進行，再不然也會叫來孤兒院的葳瑪。但是，像是搬運沐浴用的熱水、清掃房間、服侍您用餐，這些雜務若不請身為男性的灰衣神官們一同幫忙，只怕會來不及。因此，能請您准許男性進入房間嗎？」

聽完這些，我才意識到就算是在家裡，也極少有異性侍從會進入自己的房間。所以這就是父母親認為神殿很危險的原因嗎？我隱隱覺得如果是女性貴族，確實有很多人會對此相當介意。

「雖然貴族們也許無法想像，但是神殿裡頭幾乎沒有魔導具。比如從水井汲水、燒沐浴用的熱水、打掃房間，這些事情我們只能靠雙手雙腳去完成。也因此光靠少少幾名女性侍從，實在負擔不了所有工作。」

我出神地聽著她的說明，用自己的方式思考了一下。雖然不太明白是怎麼回事，但想也知道要是多嘴報告這件事，父母親一定會再次干涉我在神殿的護衛工作。

「……布麗姬娣當時也一樣是這麼做嗎？」

「是的。布麗姬娣大人似乎是在故鄉伊庫那也會遇到這種情況，所以下達了許可。」

……既然布麗姬娣身為基貝的妹妹都同意了，那我同意也沒什麼問題吧。大概。

「如果這是神殿的行事方式，那我並不介意。」

我盡可能裝出一本正經的表情回答，莫妮卡撫胸鬆了口氣說道：「感謝安潔莉卡大人。」至少對神殿的侍從們來說，我這麼回答應該沒有錯。

「那麼請恕我將工作交接給薩姆。」莫妮卡泡完茶後，便告退離開房間。下午因為羅潔梅茵大人要檢查身體狀況，所以莫妮卡說她也必須盡快吃完午餐。

……神殿的侍從也很辛苦呢。

發現薩姆邊留意著我的情況，邊為達穆爾準備午餐，我喝完茶後就與達穆爾交接。

下午開始羅潔梅茵大人要檢查身體狀況，而這段期間，我變成與艾克哈特大人一起訓練。居然同意我外出進行訓練，斐迪南大人簡直是大好人。

之前柯尼留斯還提醒我說：「斐迪南大人雖然是羅潔梅茵大人的監護人，但他非常可怕，所以就算對象是他，妳也一定要保護好羅潔梅茵大人。」但再怎麼可怕，他一樣是個好人啊。

「外出時記得換上全身鎧甲。」艾克哈特大人吩咐道，所以我換上了全身鎧甲，然後跟著艾克哈特大人一起移動，打開神殿長室附近的一扇門來到屋外。門一打開，外頭就是橫向吹打的暴風雪，接著依稀可見與雪融為一體的白色貴族門。

「安潔莉卡，妳看見貴族門前面的廣場了嗎？貴族門打開時，馬車都會停在那裡。

我打算在廣場上進行訓練。正好暴風雪期間沒人會外出，適合當作訓練場。」

「遵命，艾克哈特大人。」

我變出騎獸，跟上艾克哈特大人。橫向飛來的雪花大力打在鎧甲上，「啪啦啪啦」的聲響十分嘈雜，但用魔石做成的全身鎧甲感覺不到溫度變化，相當舒適。我不自覺地想起為了禦寒，總是穿上無數件衣服的羅潔梅茵大人。說不定羅潔梅茵大人也該修習騎士課程，學習怎麼製作全身鎧甲。

……但羅潔梅茵大人討厭迪塔，多半不會修習騎士課程吧。

來到貴族門前方後，艾克哈特大人在半空中靜止不動。我也試著讓騎獸完全停下來，但可能是暴風雪太過猛烈，我無法維持在定點不動。

「一般即便颳著暴風雪，要朝著目標前進也不難，但要靜止不動反倒不容易吧？」

我看著靜止不動的艾克哈特大人，努力想穩住自己，卻老是被風雪吹得東倒西歪。我完全沒想到在暴風雪中，維持在定點不動比持續移動還要消耗魔力。

「竟然無法定住不動，真是太教我驚訝了。我在城堡接受訓練的時候，通常是在訓練場裡頭進行，這還是第一次跑來暴風雪中。」

「我想也是。在暴風雪中進行的訓練，都是為了討伐冬之主在做演練。現在是因為沒有餘力去訓練還無法參加討伐的見習騎士，但我認為見習生們在城堡裡留守時，本來也該接受雪中訓練。如果不設法讓自己習慣，就無法在暴風雪中穩住騎獸、揮舞武器。」

艾克哈特大人這麼說明完後，教我如何避開飛雪、如何讓騎獸定住不動，這些都是在風雪中戰鬥的訣竅。他說當置身在暴風雪中時，不僅視野不佳，風雪的呼嘯還會蓋過細微的聲響，所以比起會發光的魔力攻擊，敵人若投來難以察覺的武器會更危險。

「艾克哈特大人很強呢，跟您訓練非常開心。」

「妳身為祖父大人的愛徒，似乎也進步了不少。剛才的反應也很優秀，為了保護自己的主人，竟不惜舉劍對著斐迪南大人。」

「不敢當。」

居然得到了艾克哈特大人的稱讚。他說不管任何時候、不管對象是誰，護衛騎士都不能鬆懈大意，必須保護好主人。

「……您雖然稱讚了我，但假如我剛才真的朝斐迪南大人揮劍，艾克哈特大人能保護好斐迪南大人嗎？」

「那當然。若是斐迪南大人沒有阻止……」

艾克哈特大人笑容可掬地說完，我隨即聽見「鏘」的一聲，感覺到有什麼東西敲在手臂上。如果身上穿的是簡易鎧甲，正好是防護力低的布料部分。我低頭一看，便見一把小刀正往下掉。要不是此刻穿著全身鎧甲，那把小刀就會刺進我的手臂。

……若是斐迪南大人沒有阻止……？

一思及此，我的背脊瞬間發涼。即便在這樣的暴風雪中，艾克哈特大人仍能準確命中我的手臂，那麼若要瞄準敵人的咽喉，對他來說也是輕而易舉吧。但是，我震驚的並不是艾克哈特大人竟能精準命中，而是訓練期間我並沒有特別放鬆戒備，卻完全沒有察覺到他對我射來小刀，這讓我大受衝擊。

……他居然能夠完全不被察覺地展開攻擊。

至今與師父一起訓練時，假想中的敵人從來不曾使出過這樣的攻擊，而且恐怕今後永遠也不會出現吧。萬一羅潔梅茵大人的敵人是艾克哈特大人，我根本保護不了她。瞬間，體內有什麼東西在翻滾沸騰。我一定要讓自己強大到能擋下這樣的攻擊，一定要學會這項技術。我在心裡訂下了無比明確的目標。

「艾克哈特大人，今天的訓練就拜託您了。」

「……思達普要變作武器的時候得唸咒語，魔劍則因帶有魔力會發光，所以容易被發現。這雖然只是普通的小刀，卻非常適合用來牽制敵人，或在對方無法察覺的情況下進行攻擊。在這種暴風雪中，順著風向更能讓威力倍增。」

「竟然需要警戒到這種地步……斐迪南大人究竟有著怎樣的敵人？」

這樣的本領已經超過一般騎士該具有的能力。我提出疑惑後，艾克哈特大人倏地露出溫柔淺笑，看向城堡的方向。

「以前確實有過隨時隨地都得提防戒備的敵人……雖然現在只剩一群烏合之眾，但今後還是需要多加警戒。妳也應該提高警覺，除了斯汀略克以外，要有其他手段能夠發動攻擊。羅潔梅茵的立場特殊，棘手的敵人只怕會越來越多。」

雖然我不明白立場特殊到底是指什麼，但我非常清楚羅潔梅茵大人容易招惹來危險。兩年前她為了救夏綠蒂大人，坐上騎獸就想往外衝；在貴族院還敢反抗戴肯弗爾格，坦然無畏地說出自己的想法。

……我想以後還會發生類似的事情吧。大概。

若要侍奉羅潔梅茵大人，我也必須練就艾克哈特大人這一身的本領吧。希望今後能夠透過訓練，從艾克哈特大人身上學到更多技巧。

後來，我終於練到在暴風雪中也能靜止不動，揮舞斯汀略克時也不會失去平衡，便暫時回到神殿的大門前休息。消除了騎獸後，我適度地活動下半身。為了在暴風雪中定住不動，不只要長時間跨坐在騎獸上，使力的地方也和平常不太一樣，總覺得大腿與膝蓋十分痠痛。

「安潔莉卡，我可以趁這機會問妳一個問題嗎？母親大人要我問問妳，對於與托勞戈特取消婚約一事，妳有什麼想法……」

「關於取消婚約一事，黎希達與波尼法狄斯大人已經告訴過我了。如今沒了婚約，可以遠離結婚，我其實鬆了口氣。」

「……妳說妳鬆了口氣？」

雖說現在正在休息，但可能是因為還在訓練，比起謹守貴族女性該有的矜持，我忍不住優先正確地回答問題。似乎是回答得太過誠實，艾克哈特大人目光銳利地注視著我。我急忙拚命回想身為貴族女性，應該怎麼回答才對，卻無法馬上想出答案。偏偏我非常不擅長在訓練途中思考困難的問題。

……訂正一下，就算不是訓練途中我也很不擅長。

「啊，不是。我想想，這次的事情我真的感到很遺……憾？」

「這是關係到自己未來的大事，妳為何回答得這麼不清不楚？」

艾克哈特大人感到有趣似地揚起嘴角。看來他與父親大人他們不同，就算我沒有修飾自己的回答也不會生氣。我稍微放鬆下來。

「畢竟結婚對象會由父親大人他們決定，我個人對結婚也沒有什麼興趣。」

「妳今年已經最終學年了，卻對結婚沒有任何期望嗎？」

「不，我並非沒有任何期望，多少還是有的。我想繼續當羅潔梅茵大人的護衛騎士，所以希望對象能讓我在羅潔梅茵大人身邊服侍久一點。因為結婚後一旦懷有身孕，女性就必須辭掉工作吧？我不想要這樣，所以希望是個說他不想要孩子的對象，最好嫁過去時當的還是第二或第三夫人。如果可以奢求更多，那我希望是比我強的人，而且還能一起訓練，這樣我就沒有什麼好挑剔的了。」

我老實說出自己的期望以後，艾克哈特大人更是目不轉睛地盯著我瞧。這種眼神我很熟悉。看著自己無法理解，甚至感到難以置信的對象時，就會有這種眼神。

……這個情況似乎不太妙。

看來我脫口說出了身為貴族女性不該有的回答。我決定馬上道歉，並請他別告訴任何人。我輕輕抬手托住臉頰，然後略微低下頭。根據我多年的經驗，做出這個動作後對方原諒自己的機率是最高的，還能結束掉麻煩的對話。

「真是非常抱歉，我好像不小心說得太多了。還請您千萬別告訴我的父親大人他們。他們時常告誡我，在外不要多嘴。」

「……但這麼重要的期望，還是應該說出來吧。有時候必須坦誠告知，才能明白彼此的想法。妳的父母親一定多少也會考慮進去。」

這種事絕不可能。我在心裡這樣反駁，但眼下最重要的是結束對話。「但願如此。」我這麼回答後，低下頭露出微笑。艾克哈特大人沒有再說下去，點了點頭。

……今天我也成功地結束掉對話了！

「那麼現在也休息夠了，我們繼續訓練吧，艾克哈特大人。」

「……我完全可以明白，妳父母為何囑咐妳在外不要多嘴了。」

沉默了一瞬後，艾克哈特大人輕笑出聲，然後重新開始訓練。

「安潔莉卡，妳不可以那麼輕易被騙。」

訓練完一返回神殿長室，羅潔梅茵大人便這麼斥責我。有人騙了我嗎？我完全沒有被騙的記憶，因此十分苦惱該如何回應，卻無法馬上想出什麼好答案。無可奈何下，我決定報告與艾克哈特大人的訓練內容。

……等等再問達穆爾，羅潔梅茵大人是為了什麼斥責我吧。

趁著羅潔梅茵大人正在沐浴，我把握時間詢問達穆爾。

「妳果然不明白嗎？雖然我剛才也這麼覺得。」達穆爾嘆氣說道。「羅潔梅茵大人是在斥責妳，斐迪南大人要妳外出訓練的時候，妳馬上就跟著艾克哈特大人離開了。」

「……但是斐迪南大人已經下達許可了，我為何會因此挨罵呢？」

我更是感到無法理解，達穆爾卻扶住額頭。

「斐迪南大人只是提議妳可以這麼做，但羅潔梅茵大人並未下達許可吧？」

「……是啊。」

「妳根本沒聽懂我在說什麼吧？」

達穆爾看著我，帶著篤定的表情說。他說得沒錯。

「安潔莉卡，假設妳正擔任羅潔梅茵大人的護衛，在前往奧伯辦公室的半路上，韋菲利特大人突然提議妳與護衛騎士一起去訓練，這種情況下妳會如何回答？」

「必須先等到任務結束，得到主人的許可之後……我會這麼回答。」

一般也不可能向正在執行任務的護衛騎士攀談。我正這麼心想時，達穆爾先是咕噥說了，「還沒反應過來嗎？」然後又說道：

「既然如此，為何妳今天明明正在神殿裡頭執行護衛任務，卻接受了不是主人的斐迪南大人的提議，與艾克哈特大人一同外出訓練？」

達穆爾告訴我，今天的情況其實和剛才舉的例子一樣，我這才恍然大悟。正如達穆爾所言，韋菲利特大人與斐迪南大人都不是我的主人。

「……可是，斐迪南大人是羅潔梅茵大人的監護人，達穆爾也都是照著斐迪南大人的指示在行動吧？」

在神官長室執勤時，以及羅潔梅茵大人在城堡與神殿之間移動時，都是由斐迪南大人負責下達指示。由於服從他的指令一直是理所當然，所以當時我才不認為接受斐迪南大人的提議是錯誤的行動。

「只要羅潔梅茵大人與斐迪南大人沒有明確的敵對關係，我自然是會服從斐迪南大人的指令。但是，安潔莉卡與我不同，即便對象是斐迪南大人，妳也能毫不猶豫地朝他舉起斯汀略克。這難道不是因為妳認為斐迪南大人有可能是敵人嗎？」

「這是因為柯尼留斯提醒過我，保護羅潔梅茵大人時也要提防斐迪南大人。」

「柯尼留斯……」達穆爾的目光有些飄向遠方，但他接著嘆一口氣，搖了搖頭。「就護衛騎士的要訣而言，柯尼留斯說得並沒有錯。因為無論再親近的人，也有可能變成敵人。但這點先撇開不說，今天的訓練斐迪南大人並不是下令，只是提議而已。這也就意味著，妳沒有徵得主人的同意就接受了他人的提議，等同拋下自己的護衛任務。羅潔梅茵大人責怪的是這件事情。」

等同拋下自己的護衛任務……？

聽到這裡，我總算明白了事情的嚴重性。身為護衛騎士，我做出了絕不能做的事情。意識到自己犯下了難以挽救的過錯後，我突然覺得全身血液都在逆流，腳底下的地面也好像在往下塌陷，緊咬的牙關開始打顫。

「……真的、很對不起。」

我喃喃無力地小聲道歉。達穆爾聽了，露出傷腦筋的苦笑。

「妳不該向我，應該向羅潔梅茵大人道歉才對……但事到如今就算道歉，羅潔梅茵大人也不知道該怎麼反應吧。」

來到神殿以後，我不僅無法幫忙處理文書工作，還拋下了自己的護衛任務，這次說不定真的會被解任。為了能夠保護羅潔梅茵大人，師父為我進行了那麼多訓練；為了盡快修完貴族院的課程，我也接受了許多人的指導；自己也曾立下目標，要永遠服侍羅潔梅茵大人。如今這一切卻彷彿正從指縫間溜走，無可挽回的絕望感讓我眼前發黑。

「達穆爾，那我該怎麼……」

「安潔莉卡不可能馬上被解任吧。因為羅潔梅茵大人的女性騎士人手不足，現在也是破例讓妳在神殿執行護衛任務。」

我尚未正式成年，這次是破例允許我離開貴族區執行護衛任務。之所以能破例，是因為我今年已是最終學年，又修完了所有課程，再加上雖然還未舉行成年禮，但在夏天出生的我其實也算是成年人了。達穆爾還說這是因為若不破例，會沒有半名女性騎士能跟著羅潔梅茵大人來到神殿。

「至於為什麼需要女性騎士？因為就連在城堡的寢室，異性的護衛騎士也不能進入更衣場所吧？同樣地，神殿也是生活的地方，有些地方身為異性的我不能進入。像今天羅潔梅茵大人要檢查身體狀況時，會需要掀起衣服下襬、被觸碰到肌膚，這種情況下不能由異性的我，得由同性的騎士負責護衛。這點妳要牢記在心。」

「……是。」

明明我在貴族院的宿舍生活時也學到過，有些地方只有同性能夠進入。但因為在神殿侍從有男有女，而且也都會出入神殿長室，所以我忘了去深入思考其實不是所有地方男性都能進出。

「我知道安潔莉卡不懂得察言觀色，也不擅長讀取話語背後的涵義。但是，不單是斐迪南大人，妳不能那麼輕易就接受他人的提議和受騙上當。」

「……那麼遇到那種情況，我該怎麼做才好呢？」

我請達穆爾指點迷津，他鬆了口氣地微微一笑。這是他認為終於成功讓我理解了時會露出的笑容。

「很簡單，一定要先徵求主人的意見……複述！」

「一定要先徵求主人的意見！……達穆爾，謝謝你。像這次也是，在斐迪南大人建議我可以去訓練的時候，我應該先向羅潔梅茵大人徵求同意對吧？」

「妳明白就好。」

大概是一直等著我們談完，薩姆立即出聲呼喚達穆爾，他便離開去沐浴了。

「法藍，在這裡是達穆爾先沐浴嗎？」

我詢問法藍，他正為了沐浴完後要出來的羅潔梅茵大人準備茶水。法藍先是面色為難地環顧四周，然後嘆了口氣，表情有些僵硬地回答：

「實在非常抱歉。由於女性侍從都正忙著為羅潔梅茵大人梳洗，安潔莉卡大人必須稍候。但因為時間並不充分，無法又等到安潔莉卡大人沐浴完再請達穆爾大人移動，所以在神殿沐浴的順序並不是依據身分。還請您見諒。」

「我已經聽說神殿有神殿的行事方式，只是因為和平常不太一樣，我有些疑惑而已，但聽完說明就沒問題了。」

我一邊點頭，一邊複述說著「沐浴順序不是依照身分」。法藍也如釋重負地放鬆臉部肌肉，說：「安潔莉卡大人這樣通情達理的人是羅潔梅茵大人的護衛騎士，真是太好了。」

就在法藍準備好茶水的幾乎同個時候，羅潔梅茵大人也沐浴完出來了。羅潔梅茵大人一邊喝著法藍泡的茶，一邊環顧房間。

「哎呀，達穆爾今天還沒洗好嗎？」

「我想應該快了。」

聽見法藍這麼回答，我真想找處雪堆鑽進去。一定是因為我向達穆爾提問後討論得太久，影響到了大家在神殿的作息。

……我彷彿聽見了父親大人的說教。

家人除了我以外，全員皆是侍從，所以我非常清楚生活作息若被打亂，會對侍從造成怎樣的影響。倘若法藍是父親大人，早就把我狠狠臭罵一頓了吧。腦海中接連閃過父親大人說過的訓斥，我的心情不禁十分沉重。

「讓各位久等了。」

看得出來達穆爾相當趕時間，很快便梳洗沐浴完。

「那個，達穆爾……」

「安潔莉卡，不好意思，妳先去沐浴，有話之後再說吧。妳不趕快去梳洗，莫妮卡與妮可拉也無法做完自己的工作。」

「安潔莉卡大人，我是今天協助您沐浴的妮可拉，懇請不吝賜教。」

結果我還沒能向達穆爾道歉，羅潔梅茵大人就命令我趕快去沐浴，只好與妮可拉一同走回自己的房間。

「準備很快就緒，請您稍候。」

羅潔梅茵大人的侍從吉魯與弗利茲輪流提著裝有熱水的木桶，在我的房間裡進進出出。不論是在家裡、在騎士宿舍，還是在貴族院的宿舍，侍從都是往魔導具注入魔力準備熱水，所以這幅畫面讓我感到相當新奇。

雖說是侍從，但畢竟是首次有男性出入自己的房間，一開始我還感到有些不自在，但很快就習慣了。更讓我好奇的是，我幾乎沒在神殿長室見過這兩人。

「我沒在神殿長室裡見過他們，但這兩人也是羅潔梅茵大人的侍從吧？」

「是的。兩人奉羅潔梅茵大人之命，負責管理工坊。吉魯因為都要擔任羅潔梅茵大人的代理人，與古騰堡們一同前往外地，所以別說是神殿長室，平常連待在神殿的時間也非常短暫。」

妮可拉如此向我說明。她說兩人負責著羅潔梅茵大人非常看重的印刷業務。弗利茲看來與法藍他們年紀相仿，吉魯看來卻與我差不多大。然而，羅潔梅茵大人指派為代理人的卻是吉魯，不是弗利茲。

「吉魯是怎麼取得羅潔梅茵大人的信任呢？」

「咦？」

妮可拉的表情一時愣住。但是，我非常好奇，而且我也需要做點努力來彌補今天的失敗。

「既然擔任代理人的是吉魯，而不是比較年長的弗利茲，代表吉魯深受羅潔梅茵大人的信賴吧？作為護衛騎士，我也想得到羅潔梅茵大人的信任。所以，還請告訴我你做過怎樣的努力。」

聽完我的問題，吉魯睜大眼睛，接著「嘿嘿」地笑了起來，挺起胸膛告訴我：

「我的工作內容和騎士大人不一樣，所以不敢保證能夠當作參考。但是，我很努力去做工坊的工作，絕對不會輸給任何人。平常我也老是在說，既然在領內推廣印刷業是羅潔梅茵大人的心願，那就由我來幫忙推廣！為此，只要是艾倫菲斯特裡有的紙張，我都會把材料與做法全部背下來，現在也能教別人怎麼印刷。因此羅潔梅茵大人才指派我當代理人，在領內幫她推廣紙張的做法與印刷。」

吉魯毫不猶豫地明白說出自己的希望，還有做了哪些努力，我突然覺得他看起來非常耀眼。我有辦法像他這樣，抬頭挺胸地執行護衛任務嗎？想到這裡，我馬上想起光是今天一天，自己就不知道做錯了多少事情，意志開始消沉。

「呃……雖然不曉得安潔莉卡大人在為何煩惱，但每個人各有所長，能夠派上用場的事情也不一樣。羅潔梅茵大人說過，我們只要在自己擅長的領域裡幫上忙就好了。所以，我會拚盡全力去做工坊的工作。侍從的工作不只是待在神殿長室裡而已。」

吉魯帶著耀眼奪目的笑容說道，搬完熱水後就退出房間。我在妮可拉的催促下開始沐浴，同時思考起來。

……我就連在自己擅長的領域裡也沒能派上用場，那到底該怎麼辦才好呢？

我既做不了文書工作，做為護衛騎士今天也十分失職。與神殿有關的工作中，只剩下羅潔梅茵大人曾吩咐過我，要與神殿的侍從和樂融融相處。

「妮可拉，請妳與我好好相處吧！」

「咦？咦？」

正準備為我洗頭髮的妮可拉，露出困惑到了極點的表情。

「羅潔梅茵大人吩咐過我，儘管工作地點不同，但既然侍奉同一個主人，希望我能與神殿的侍從們和樂融融地一起工作。那麼如果能與妮可拉相處融洽，我應該能稍微幫上羅潔梅茵大人的忙吧。」

聽我說完，妮可拉連連眨了幾下眼睛，然後非常高興地笑了。雖然她平常也總是笑咪咪的，看來十分開心，但現在的笑容與先前完全不一樣。是我以貴族的身分生活至今極少見到過的，直接表露出了內心情感的那種笑容。

「光是安潔莉卡大人願意有這種想法，我們就很高興了。」

神殿的人果然和從小就被教育要壓抑情感的貴族不一樣。即便外表看來沒什麼不同，但此刻我能切身感受到，我們確實生活在迥異的世界裡。但是，妮可拉的不同，讓我心生強烈的好感。是因為看到妮可拉的笑臉很開心嗎？身邊的人經常都是責怪我書讀得不好，再不然總是一臉憂心忡忡地看著我，擔心我暴露出自己的缺點，卻極少對我露出笑容。

「……妮可拉這麼高興，我也很開心。因為我身為護衛騎士太失職了，不僅來到神殿後卻無法做文書工作，今天的護衛任務也犯了錯。但能與神殿的人們好好相處，我終於覺得自己好像稍微盡到了職責。」

「啊，是因為很多事情做不好，您的心情有些沮喪吧。沒關係的。就算做錯事情，羅潔梅茵大人也不會兇巴巴地罵我們。只要小心別再犯同樣的錯誤就好了。」

妮可拉一邊分享自己做錯事的經驗，一邊開始幫我洗頭髮。她手指的動作非常輕柔，每個角落也不放過地為我仔細清洗，我漸漸覺得就好像有人在摸自己的頭。

「我心情沮喪的時候，都會一邊吃甜食，一邊和艾拉一起討論以後該注意的地方，然後就能重新恢復精神。所以等一下，我偷偷幫您拿點心過來吧。要對羅潔梅茵大人保密喔。」

妮可拉安慰我的方式與老家的侍從們截然不同，這讓我十分驚訝，卻也明顯感受得出她想鼓勵我的心意，眼眶不禁發熱。成為領主養女的羅潔梅茵大人為什麼比起城堡，更想待在神殿裡生活，此刻的我完全可以明白。

沐浴完後，妮可拉真的捧著盤子，端來點心給我。她還動作俐落地泡了茶，現場有種小型茶會的感覺。

「雖然我不太清楚護衛騎士的工作內容，但說到文書工作的話，我或許可以聽聽您的煩惱喔。雖說我現在都優先在廚房幫忙，但身為神殿長室的侍從，以前也去過神官長室。如果您想說『神官長真是恐怖呢～』，我可以負責點頭附和；如果您想說『我不太擅長文書工作，真想做點其他事情～』，那我可以附和說，歡迎您一起來廚房幫忙。不管是什麼都交給我吧！」

妮可拉拍著胸脯，笑著這麼說道。連我也不由得跟著想笑。由於她若站在身後服侍我會很難對話，所以我決定請妮可拉也坐下來，兩人一起吃點心。反正這些事都要保密，應該沒關係吧。

「……我真的可以坐下來嗎？您事後不會挨罵嗎？」

「這些點心也不能告訴羅潔梅茵大人吧？」

「話說得是沒錯……嗚嗚，那麼恕我失禮了。」

妮可拉一派戰戰兢兢地在我面前坐下來。但當她一拿起點心，臉上立即綻開幸福的笑容，剛才的緊張不知道消失到了哪裡去。

……為什麼莉瑟蕾塔在餵食蘇彌魯時會那麼開心，我好像能夠明白她的心情了。

「妮可拉也不擅長處理文書工作嗎？」

「我並不是完全做不來，但跟莫妮卡相比就很差勁呢。其實比起文書工作，我是害怕待在神官長室裡頭。因為屋裡靜悄悄的，就只有大家工作時發出的寫字聲響……您不會很想說話嗎？我老是覺得快要無法呼吸。」

所以妮可拉說她開始擔任艾拉的助手，在廚房工作以後，便以準備午餐為由，減少出入神官長室的次數。

「最近雖然很少去神官長室，但我很努力在準備午餐，所以並不是沒有在工作。安潔莉卡大人要不要也試著別在神官長室工作呢？」

「對於應該要逃離自己感到棘手的地方，我打從心底贊同這個想法，但我的工作就是保護羅潔梅茵大人，不能離開主人身邊。」

「……那還真是兩難呢。」

我們兩人一起苦惱沉吟。就在這時，有人敲響房門。

「安潔莉卡大人，非常抱歉在就寢前打擾您。因為已經過了羅潔梅茵大人的就寢時間，妮可拉卻遲遲沒有回來……」

莫妮卡一臉極其惶恐地走了進來。妮可拉慌忙把點心塞進嘴裡，趕緊起身站好，但已經全被莫妮卡看見了。

「妮可拉，妳這是在做什麼?!」

莫妮卡立刻橫眉豎目。由於神殿人們的情緒起伏比貴族明顯，所以連我也能一眼看出，等一下妮可拉恐怕會被痛罵一頓。

「莫妮卡，妳怎麼突然發出這麼大的聲音？是妮可拉對安潔莉卡大人做了什麼……」

莫妮卡身後甚至接著傳來法藍的話聲。由於這裡是我房間，身為男性的法藍只是站在門外，但似乎是與莫妮卡一起過來察看情況。妮可拉的小臉顯而易見地發白，整個人開始猛烈發抖。

「竟然與貴為貴族的安潔莉卡大人同桌而坐，妳身為侍從……」

「莫妮卡，訓話稍後再說。先馬上告退。」

「安潔莉卡大人，實在萬分抱歉。我馬上帶妮可拉離開……」

經法藍提醒，莫妮卡恍然一驚，立即管理好臉部表情。眼看他們就要帶走妮可拉，但照目前的情況來看，兩人肯定會狠狠訓她一頓吧。妮可拉給了我不少安慰，所以我不希望她挨罵。

「莫妮卡、法藍，沒事的。我只是找妮可拉商量煩惱而已，請你們別罵她。」

我話一說完，莫妮卡臉上客套有禮的假笑旋即消失，眼神變得非常狐疑。她來回看著我與妮可拉，眼神認真地問：

「找妮可拉商量煩惱……？但我想她基本上都是負責支援，真能幫上您的忙嗎？」

「當然，她幫了我大忙喔……如果可以，希望莫妮卡與法藍也能提供一些意見給我。請進來吧。」

我不容分說地要兩人進來。莫妮卡與法藍互相對看以後，一臉為難又無奈地進房。

「您說要商量煩惱……？莫非是在神殿生活有什麼不周之處嗎？」

「妮可拉，麻煩妳向兩人說明。」

大家經常嫌我說明不夠充分、難以理解，所以我決定交由妮可拉說明，自己則拿起茶杯喝茶。既然把他們都捲進來，相信法藍與莫妮卡也不好斥責妮可拉吧。

「雖說找我商量煩惱，但其實我也沒有想到什麼好答案……安潔莉卡大人說她不擅長做文書工作，但還是想盡量幫上羅潔梅茵大人的忙，那到底該怎麼做才好呢？」

妮可拉說明了我向她傾吐的煩惱後，在神官長室裡看過工作情形的兩人，都一臉認真地開始思考。見狀，妮可拉動著嘴巴不出聲地說：「這下子他們不會生我的氣了吧。」我強忍著笑輕輕點頭。必須壓抑情感的貴族教育偶爾也能發揮用處。

「……我想想。既然安潔莉卡大人不擅長處理文書工作，那麼增加這部分以外的工作如何呢？」

「增加其他工作嗎？例如什麼樣的工作？」

儘管突然被我叫進屋裡，又在不明就裡下被我要求提出意見，莫妮卡卻認真地思索出了答案。聽到可以做其他工作，我彷彿看見一線希望，稍微往前傾身。

「像是學會辨別鈴聲，在負責護衛的同時幫忙通報，您認為如何呢？因為在神殿長室這裡，站在門邊負責護衛的時候，也需要學會辨別訪客鈴聲。」

懂得辨別訪客鈴聲並且負責通報，確實是守門之人的必備技能。

「但是神官長室門前，已經有個灰衣神官負責通報，我不會搶走他的工作嗎？」

「安潔莉卡大人若願意分擔，原先負責通報的灰衣神官，就能夠專心幫忙斐迪南大人處理公務。」

莫妮卡說明，只要有另一個人能處理文書工作，那我就算不做，對方也能幫忙完成我那一份。發現也有辦法能讓我派上用場，我眼前的世界突然變得明亮又充滿希望。

「……莫妮卡，妳的提議太棒了。這個點心請妳吃，當作是獎勵。」

「安潔莉卡大人，這……」

這下子就徹底成為共犯，無法斥責曾吃過點心的妮可拉吧。莫妮卡先睨了妮可拉一眼，然後從我手中的盤子拿起一塊點心吃，「多謝安潔莉卡大人的賞賜。」

……接下來就是法藍了。

我接著看向法藍，只見他面帶苦笑搖了搖頭。

「我不會責罵妮可拉，所以不需要給我點心。安潔莉卡大人，您雖然十分苦惱自己不擅長文書工作，但這本來就不是護衛騎士該做的工作。羅潔梅茵大人是因為在尤列汾藥水中浸泡了兩年，忙於處理堆積如山的工作，但這並不是護衛騎士的義務。」

「是嗎？但我看達穆爾與艾克哈特大人都在做……」

我還以為在神殿一定要做文書工作，難道我誤會了嗎？我歪過頭後，法藍為我說明。

「您知道達穆爾大人是因為受罰，才開始出入神殿的嗎？」

「嗯，是啊……是在他被降為見習騎士那時候吧？」

我語意含糊地微笑說道。之前在聆聽出入神殿的注意事項說明時，我也聽說過達穆爾的事情，但詳情並不清楚。因為大家告訴我，只要記得達穆爾是因為討伐陀龍布時犯了

錯，受罰後被降為見習騎士，還得在神殿裡擔任羅潔梅茵大人的護衛就好。

「當時為了增加達穆爾大人的收入，神官長建議他可以接點文書工作，自那之後他才開始幫忙。艾克哈特大人則是認為，讓神官長能有多一點自由時間也是近侍的工作，所以盡己所能幫忙分擔，但這也只是他的善意之舉。」

明白到文書工作絕非義務以後，我總是有些緊繃的身體終於放鬆下來。這樣看來，我並不是非做文書工作不可。

「神官長也是想藉此讓眾人知道，確實有貴族會在神殿裡工作，那麼往後一旦負責印刷業務的文官開始出入神殿，也就比較容易開口把工作分配給他們。但是，我想他應該並不認為這是護衛騎士該做的工作。」

「所以，我真的不做文書工作也沒關係嗎？」

「是的。反而您身為護衛騎士，若能學會分辨每位青衣神官所用的鈴鐺，我們會更加感激。因為並非所有青衣神官都不需要警戒。」

聽見法藍這麼說，我不由自主正色。看來即便神殿與貴族社會大不相同，乍看下十分和平，但也有必須警戒的對象。不讓危險人物接近羅潔梅茵大人，是我身為護衛騎士的職責所在。

「明天我會告訴薩姆，請他教您分辨鈴聲。今天時候已經不早了，請您歇息吧。」

「知道了。法藍，謝謝你。」

妮可拉因為在工作期間偷吃點心，法藍與莫妮卡罰她負責收拾茶具，兩人便告退離開。聽到等一下不用再挨罵，妮可拉笑著表示「那我就放心了」，動作迅速地收拾茶具。

「安潔莉卡大人的煩惱終於解決，真是太好了呢。」

「這都多虧了妮可拉，謝謝妳。」

「呵呵……雖然安潔莉卡大人說自己是失職的護衛騎士，但法藍曾說，您十分配合神殿的行事方式，而且毫不抱怨，幫了我們大忙呢。所有侍從都覺得，很高興新來的護衛騎士是安潔莉卡大人喔。那麼，請您好好歇息。」

……很高興新來的護衛騎士是我嗎？

我愣在原地，呆呆看著妮可拉退出房間。這好像還是有生以來第一次，有人當面對我說「很高興來的人是妳」。

我感到心頭暖洋洋的，鑽進棉被裡頭。雖然很多事情都做不好，但總覺得今天過得充實又愉快。感覺往後在神殿的生活會很開心。

優蒂特視角・

被丟下的護衛騎士

「優蒂特，妳要喝杯茶嗎？」

每當我沐浴完出來，菲里妮總會這麼問我。在我答應之後，兩人會一起喝著菲里妮的侍從伊絲貝格泡的茶，我的侍從芙蕾德莉卡再趁著這段時間，為菲里妮做好沐浴準備。由於共用一間房間，侍從也會同時伺候我們兩人，順便藉此減輕她們在工作上的負擔。至於能住單人房的上級貴族的侍從們，可以毫不手軟地花錢僱用下人，把工作交給他們，但中級貴族與下級貴族不可能為每天的日常生活花那麼多錢。

「嗯，好啊。」

我坐下後，伊絲貝格為我們倒茶。儘管我不認為菲里妮與伊絲貝格會下毒，但因為這是貴族間的規矩，沒有辦法省略。等菲里妮試完毒，我再拿起杯子，然後看向菲里妮為了有空間喝茶而挪到書箱上的那疊紙張。

「妳今天也蒐集到新故事了嗎？」

「是啊。撇開明年才能領到報酬這點不說，這項徽章作業真的非常吸引人……」

因為羅潔梅茵大人的委託還要在帶回艾倫菲斯特後仔細檢查，不適合想馬上領到報酬的人。但是，由於羅潔梅茵大人會提供作業所需的墨水和紙張，而且只要寫字就能賺錢，所以在還沒有多少任務能接的低年級生中相當受歡迎。

「幸好有優蒂特在，我才能放心與他領的學生交談。謝謝妳每次都陪我去圖書館。」

「……但我只是待在圖書館裡讀書而已啦。」

「但妳還特地穿上簡易鎧甲陪我前往，讓人覺得很安心呢。」

之前，菲里妮一直是與羅潔梅茵大人他們一同前往圖書館，但現在羅潔梅茵大人返回艾倫菲斯特了，護衛騎士們當然就不會再去。而菲里妮是下級貴族，如果獨自一人去圖書館處理徽章作業，有可能招人眼紅，也可能被他領學生看輕、故意找碴。為此感到擔心的哈特姆特與布倫希爾德，要我盡可能陪菲里妮一起去圖書館，擔任她的護衛。

……而且我也能領到擔任護衛的報酬啊。對我來說是寶貴的賺錢機會。

雖然要保護近侍的安全是羅潔梅茵大人的指示，但其實也是在幫我吧。因為我老是哀歎自己成天只能讀書、無法賺零用錢，也沒辦法以護衛騎士的身分執行任務。老實說穿著簡易鎧甲讀書並不方便，但畢竟能在賺零用錢的同時兼顧學業，我必須忍耐。

「妳今天蒐集到了什麼故事？」

「我今天蒐集到的是在畢斯曼流傳，有關討伐魔獸的故事。其實比較算是騎士故事，但說是魔獸的弱點整理資料可能更加準確呢。」

「聽起來很有意思呢。」

身為騎士，多了解魔獸的弱點有助於增強自己的實力。我正想接著問清楚的時候，芙蕾德莉卡探出頭來。

「菲里妮大人，讓您久等了。」

菲里妮於是放下茶杯，與伊絲貝格一同走進浴室。直到菲里妮的身影完全消失，我才拿出學習用的資料，預習明天的課程。

「若是知道了優蒂特大人被任命為羅潔梅茵大人的近侍，您的家人一定會很驚訝；但要是看到您現在這般認真學習的模樣，肯定會更吃驚吧。泰奧多大人想必還會說他真是不敢相信。」

芙蕾德莉卡咯咯笑著，開始整理床舖。我噘起嘴巴，雙眼瞪著資料。因為我以前並不知道中級護衛騎士必須要有這麼優秀的成績，所以現在正拚命苦讀。

「要是羅潔梅茵大人能更早醒來，早一點知道自己會被選為近侍，我就能趁著夏天或秋天的時候多讀點書了。」

「這代表您應該平常就用功學習，才有辦法應付各種未知的狀況呀。」

聽出芙蕾德莉卡是在暗示我，我以前太過重視騎士的訓練而非讀書，我默默繼續看資料。我想快點修完課，也參加護衛騎士們的訓練。目前交給我的護衛工作，還沒有多到我能抬頭挺胸地宣稱自己是羅潔梅茵大人的護衛騎士。我想要好好表現，然後自豪地告訴家人，我在成為領主一族的護衛騎士後非常努力。

芙蕾德莉卡整理好床舖、備妥明天的衣裳，接著開始準備茶水時，菲里妮也沐浴完出來了。我暫時停下讀書，和菲里妮剛才一樣邀請她坐下，先試喝了一口茶。

「優蒂特，以前在兒童室的時候，夏綠蒂大人也問過妳要不要成為她的護衛騎士吧？那妳為什麼一直等著羅潔梅茵大人醒來呢？」

「因為我以前本來是預計返回克倫伯格當騎士，從來沒有考慮過要當護衛騎士。可是，安潔莉卡雖然是中級見習騎士，卻成了波尼法狄斯大人最看重的愛徒吧？雖說是中級騎士，安潔莉卡卻比上級騎士還要強。我因為崇拜她，才決定如果要當，就要當羅潔梅茵大人的護衛騎士。」

……雖然在曉得安潔莉卡的真實模樣時，我嚇了一大跳。

我在心裡面補上這一句。由於安潔莉卡之前要補課的時候我尚未入學，再加上我沒有兄姊，很難從年紀比我大的人那邊取得情報，所以始終不知道這件事，但原來安潔莉卡其實很不擅長讀書。

我一直以為安潔莉卡十項全能，所以在知道真相的時候大受衝擊。不過，就算安潔莉卡現在的成績依然在補課邊緣徘徊，她還是繼續當著護衛騎士，也仍然是波尼法狄斯大人器重的愛徒，這些事實讓我對她更是敬仰。

……因為一般來說，主人早就會受不了而將她解任，再不然一族的人也會要求她自行請辭，以免日後做出更讓名聲掃地的事情。

「優蒂特，克倫伯格是個什麼樣的地方？我因為從來沒離開過貴族區，很好奇其他地方是什麼樣子。」

菲里妮的嫩綠色雙眸閃閃發亮。我微微閉上眼睛，回想故鄉克倫伯格的景色。

「克倫伯格這片土地坐落著國境門。雖然國境門在很久以前就關閉了，但一直到了現在，守護國境門依然是克倫伯格騎士的職責。我的父親大人同時也是侍奉基貝．克倫伯格的騎士喔。」

「國境門長什麼樣子呢？」

「國境門非常美麗宏偉，還帶有著不可思議的光芒喔。因為必須騎著騎獸飛到境界門上方才看得見，所以能親眼看到國境門，可以說是克倫伯格騎士專屬的特權。我在擁有自己的騎獸之前也都看不到。」

修完貴族院一年級的課程，得到自己的騎獸以後，首次親眼看見的國境門美得無與倫比。對於自己今後將守護這片土地，那種驕傲的心情我直到現在都還記得。

「雖然以後大概再也沒機會看到了……」

「為什麼呢？」

「因為我已經是羅潔梅茵大人的護衛騎士，就無法成為克倫伯格的騎士了吧？而且護衛騎士在回到城堡以後，為了侍奉羅潔梅茵大人，必須住進騎士宿舍。從今以後，我幾乎沒有機會能回克倫伯格了。」

坐馬車回克倫伯格要好幾天的時間，操縱騎獸的話只要一天便能抵達；但就算得到了休假，我也因為從未有過騎著騎獸來回的經驗，不敢肯定自己能毫不遲疑地動身出發。

「優蒂特……」

菲里妮神色擔憂地看著我，我對她微微一笑。

「這是我自己想做的事情，所以我沒有任何不滿喔。我唯一不滿的，就是每天都只能用功讀書、努力取得好成績，卻幾乎沒辦法在羅潔梅茵大人身邊執行護衛任務！」

身體不訓練就會變得僵硬，但萊歐諾蕾卻要我以讀書為優先，不肯讓我參加訓練。

我今年是二年級，所以課程全是共同科目。如果我已經開始修習騎士課程，就能趁著術科課進行訓練，但二年級生還在練習用思達普變出武器。

「嗚嗚，好想訓練喔……之前大家還在懷疑安潔莉卡能不能順利通過考試，結果她卻那麼快就合格過關，還和羅潔梅茵大人一起回去了。羅潔梅茵大人會不會以為我比安潔莉卡還笨呢？」

「安潔莉卡所有科目都是勉強合格喔。相比之下，優蒂特每科都取得了高分，羅潔梅茵大人不會那麼認為的。哪像我的地理和歷史也是勉強合格，反而別人都覺得我才是那個學習不好的近侍吧。」

菲里妮的成績之所以只落在合格邊緣，全是因為羅潔梅茵大人在失控後強人所難。畢竟是下級貴族成了領主一族的近侍，盡可能取得優秀的成績，比較能夠避免招來無謂的嫉妒。但是對那時的菲里妮來說，最重要的是以最快速度通過考試。我只能露出同情的苦笑。

「雖然是因為有羅潔梅茵大人可怕地逼迫大家，但我還是很羨慕妳已經修完學科了呢。我也好想要有羅潔梅茵大人的參考書。」

「羅潔梅茵大人已經為了明年，整理好二年級的資料了。妳要參考看看嗎？」

「請務必借我！」

向菲里妮借來二年級的參考資料後，我找出自己還沒過關的科目，看完後發現內容整理得非常淺顯易懂，忍不住瞪大眼睛。

「我敢斷言。等羅潔梅茵大人升上二年級，她的成績絕對比我現在還要好。」

「當年羅潔梅茵大人剛受洗完，就自己一個人在兒童室裡閱讀厚重又艱難的書籍，還看得十分開心呢。教我寫字和怎麼寫故事的人，也是羅潔梅茵大人。從認識的那一天起，羅潔梅茵大人就是我的老師了。」

菲里妮說話時，臉上帶著懷念的笑容。我也想起了八歲那年，自己曾與羅潔梅茵大人一起在兒童室裡度過。雖說是教學用具，但看到有了新玩具時我可是歡天喜地，也很熱中於完成羅潔梅茵大人出的作業，好得到當作獎勵的點心。

「我記得羅潔梅茵大人還會向莫里茲老師下達指示，比老師更像老師吧？不過，因為那是引進歌牌與撲克牌的第一年，我在兒童室裡過得太開心了，對於羅潔梅茵大人很愛看書這件事反倒沒什麼印象……」

記得我沉迷於玩遊戲，很少去觀察羅潔梅茵大人。坦白說，我連羅潔梅茵大人當時都在做什麼也想不太起來。而且那時候，我很喜歡在騎士訓練場活動身體的那段時間，但身體虛弱的羅潔梅茵大人總是獨自一人在做其他事情，我很少留意到她。

「因為羅潔梅茵大人會為我朗讀書本，還幫我把母親大人的故事寫下來，我太高興了，在兒童室裡總是看著羅潔梅茵大人……」

菲里妮有些羞赧地這麼說。

……對喔，菲里妮之前還在兒童室裡向羅潔梅茵大人宣誓效忠。

「菲里妮，今年的課程妳也快修完了嗎？」

「沒有，術科課讓我覺得很吃力。因為我魔力量不多，遲遲無法完成課題。思達普光是維持住外形也得消耗魔力吧？」

「……一開始在決定好思達普的外形之前，確實需要花點時間，但我在維持上幾乎沒有消耗到魔力的感覺呢。妳是因為還不習慣嗎？」

「我想這就是中級貴族與下級貴族的差異吧。每當聽到這種差異，我總能深刻體會到為什麼一般都不挑選下級貴族成為領主一族的近侍。」

正如菲里妮所說，萬一發生了什麼緊急狀況，近侍能運用的魔力若是太少就無法保護主人，魔力量若不足以操控魔導具也一樣沒有意義。

「羅潔梅茵大人對我說過，即使我魔力量不多，但她很需要我蒐集故事的能力與熱情。可是，我還是希望自己能有更多魔力，當起領主一族的近侍才不會感到心虛。我想像達穆爾那樣，在學習過羅潔梅茵大人的魔力壓縮法後，努力增加魔力……」

達穆爾是最早開始侍奉羅潔梅茵大人的護衛騎士。雖是下級騎士，但聽說羅潔梅茵大人教了他魔力壓縮法以後，現在的魔力量已經成長到與中級貴族相當。雖然有些令人難以置信，但好像是真的。

「之前羅潔梅茵大人稱讚過我的投射技巧，我也想針對這部分多加練習。還有，我也想盡可能增加魔力。如果能讓魔力成長到與上級貴族差不多，我就可以用魔力做出箭矢當武器，只不過靠我現在的魔力量，還無法長時間戰鬥。」

只要魔力增加了，就能像安潔莉卡那樣培育魔劍，戰鬥時也能減少該帶的武器和道具。騎士戰鬥的時候，魔力的多寡至關重要。

「而且再這樣下去，我的魔力量說不定比下級騎士達穆爾還要少。身為中級騎士，這可是很嚴重的事情。」

「可是達穆爾已經成年了，優蒂特今年才二年級，我想你們兩人不能相提並論呢……不過，我想羅潔梅茵大人大概會說，努力是件好事。我也會努力蒐集故事，得到羅潔梅茵大人的稱讚。」

我們兩人就這樣訂下各自的目標，並要為此好好努力。

在那之後又過了幾天，我總算把今年的課程全部修完，所有科目的成績都突破自己的紀錄。領主一族的近侍多為上級貴族，所以我的成績在他們之中只算是比平均再好一點，但在中級貴族當中，我想自己應該能名列前茅。

……不過，成績現在不重要，先高興自己終於可以參加訓練了吧！

「妳通過所有考試了嗎？恭喜啊。萊歐諾蕾帶著騎士們去騎士樓進行訓練了。好不容易妳修完課了，不如快去加入他們吧？」

我在宿舍聽到哈特姆特這麼說，馬上興高采烈地奔往騎士樓的訓練場。而這時的我還不曉得，緊接在學習地獄之後，特訓地獄正等著自己，就這麼一個箭步衝進訓練場。

「萊歐諾蕾，請讓我也參加訓練！」

至於後來下場如何……我這輩子再也不想回想了。

哈特姆特視角・戴肯弗爾格的女人

接到黎希達送來的奧多南茲，說是艾倫菲斯特因為圖書館的魔導具要與戴肯弗爾格比迪塔，我立即衝出宿舍。而後在羅潔梅茵大人的指揮下，艾倫菲斯特獲得勝利。但說實話，我從沒想過能擊敗戴肯弗爾格。在比賽開始之前，有人曾想過艾倫菲斯特會贏嗎？

……太了不起了。

看著羅潔梅茵大人接連施展妙計，將戴肯弗爾格玩弄於股掌之上，觀賽區不分敵我皆發出了讚嘆與興奮的吶喊。我也不由得情緒激動起來，為自己主人的活躍大聲歡呼，更在心裡頭痛批己陣的騎士們，反應怎能那麼遲鈍又扯後腿。但是，在聽見藍斯特勞德大人的評語後，我亢奮的心情也在瞬間冷卻下來。

「妳這麼陰險狡猾，我絕不承認妳是聖女！」

儘管聽起來像是落敗後還不服輸，但說這句話的人可是領地排名第二的領主候補生，不知道會對往後造成怎樣的影響。羅潔梅茵大人雖不以為意地說：「有人能夠認清現實，那我也稍微放心了。」但事實上絕非如此。

……這樣一來，必須更是努力推廣聖女傳說。

宛如受到黑暗之神眷顧，閃動著豔亮光澤的夜空色頭髮，與宛如受到光之女神祝福的金色眼眸——這便是最能代表羅潔梅茵大人的顏色。由於沉睡了兩年，羅潔梅茵大人的外表年幼得教人感到心痛，但她的心地卻如同洛古蘇梅爾那般寬厚仁慈。而接連發現許多新事物、也做出各種新發明的她，更無庸置疑地擁有睿智女神梅斯緹歐若拉的寵愛。羅潔梅茵大人擁有諸神的祝福，魔力豐富龐大，其祝福所具有的力量，也必定是整個尤根施密特中最強、也最神聖的吧。為了能與我相遇，諸神讓羅潔梅茵大人降臨來到艾倫菲斯特，還使我們年紀相仿，能夠一同就讀貴族院。這場邂逅堪稱奇蹟！

「哈特姆特，現在正在用餐，麻煩你回房以後再向諸神獻上祈禱。」

被布倫希爾德打斷思緒，我只好繼續用餐。這陣子是貴族院的社交活動期間，但羅潔梅茵大人在領主的命令下，早已返回艾倫菲斯特。我因為是見習文官，就算已經修完課了，也無法一同回去。我真是太羨慕護衛騎士了，也對自己的身分感到懊惱。老實說，我完全沒想到羅潔梅茵大人一不在，映在眼中的景色竟會變得如此不同。

……不愧是羅潔梅茵大人，為我世界帶來色彩的聖女。

「主人一不在，妳不覺得每天的生活都非常空虛嗎，菲里妮？」

「是啊，感覺很寂寞呢。」

菲里妮說完，微微一笑。

「不過，我還得蒐集故事、為羅潔梅茵大人抄寫書籍，有很多該做的事情，所以沒問題的。畢竟羅潔梅茵大人在沉睡了兩年後終於醒來，光這樣我就心滿意足了，她還將我納為近侍。與其為羅潔梅茵大人的離開感到寂寞，我更想為她多盡份心力。」

菲里妮朝著自己的目標筆直向前，眼中的光彩教人感到欣慰。聽見下級見習文官被納為近侍時，我還十分驚訝，但如今我能明白羅潔梅茵大人欣賞她哪一點。

……真不愧是羅潔梅茵大人。

但是，作為領主候補生的近侍，菲里妮各方面的能力都還有所欠缺也是事實。為了不給羅潔梅茵大人造成困擾，指導菲里妮是我身為上級見習文官的職責。

得帶著菲里妮參加文官的聚會、讓大家認識她，還要教她如何蒐集與購買情報……

我在腦中擬訂起了菲里妮的教育計畫。這時布倫希爾德用完餐點，請白己的侍從泡了茶水，開始喝茶。

「對了，關於明天的茶會，能麻煩哈特姆特也同行嗎？」

布倫希爾德幹勁十足，說這是推廣流行的絕佳機會，但我完全提不起勁。如果是羅潔梅茵大人要推廣新流行，那麼要我赴湯蹈火也在所不惜，但要我與韋菲利特大人一起參加主人並不會出席的茶會，我看不出來這有任何意義。

……可以等羅潔梅茵大人回來，或是等到明年再說吧。

羅潔梅茵大人已經接下了王族要訂做髮飾的委託，庫拉森博克的領主候補生也暗示過，她想購買絲髮精。如今韋菲利特大人即使不參加社交活動，我們也已經引起了女學生們的注意，就算有些不願提供情報也無所謂。韋菲利特大人太任由他領予取予求了。應該以創造出流行的羅潔梅茵大人為中心，推廣新流行才對。

……況且那些新流行並不屬於艾倫菲斯特，是羅潔梅茵大人自己創造出來的。

坦白說，我甚至很難忍受韋菲利特大人以領主候補生的身分，站在羅潔梅茵大人身邊。眼看韋菲利特大人自以為在推廣羅潔梅茵大人的新流行上出了一份力，我半點也沒有想協助他的意願。

當年韋菲利特大人在舉行了洗禮儀式後，萊瑟岡古的貴族們都議論紛紛，說他這個領主候補生因為薇羅妮卡大人的溺愛，個性任性妄為、自以為是，而且完全沒有受到應有教育。在確認過真偽後，我們本來計畫著，要透過冬天的首次亮相、他與芙蘿洛翠亞大人養育長大的夏綠蒂大人的奧伯之爭，還有他在貴族院的成績，從中找出證據來指摘韋菲利特大人的能力不足，以此彈劾薇羅妮卡大人，將她從權力之巔拉下來。大家都說若想讓薇羅妮卡大人留下汙點，韋菲利特大人是絕佳的武器。

然而，實際上薇羅妮卡大人卻是基於與韋菲利特大人全然無關的理由而垮臺，羅潔梅茵大人更幫忙彌補了他在教育上的不足；在眾人都以為他會因白塔一事而被廢嫡時，又是羅潔梅茵大人伸出了援手。時至今日，韋菲利特大人仍一派理所當然地保有著領主候補生的身分，位在眾人之上。即便是這麼無能的領主候補生，羅潔梅茵大人還是沒有對他棄之不顧，我為她的慈悲大度深受感動，卻非常厭惡韋菲利特大人。

……既然羅潔梅茵大人已經決定要幫他，那麼我也不會積極採取行動，但說句實話，我多想趁著現在將他鏟除。不過，想到我又有可能像托勞戈特那時一樣惹怒羅潔梅茵大人，我看保持距離才是上策……

「反正有布倫希爾德在，妳又是最了解羅潔梅茵大人那些新流行的人，韋菲利特大人自己也有近侍吧。雖然我也贊同我應該一同前往、蒐集情報，但這是女性的茶會，與其由我陪同，不如讓菲里妮參加，也藉此累積一下經驗。」

我雖然無法容忍菲里妮在羅潔梅茵大人的茶會上出差錯，但現在要出席茶會的是韋菲利特大人，我倒是相當看得開。就算會有些疏失，菲里妮也需要累積經驗。

「既然韋菲利特大人要出席女性的茶會，我想沒有必要再增加男性近侍，讓能夠從女性觀點給予建言的人一同前往，應該比較適合吧？」

我絕對不要參加茶會——我的決心布倫希爾德多半感覺到了，只見她先是無奈地垂下雙眼，接著看向菲里妮。

「……哈特姆特說得好像也沒錯。那就麻煩菲里妮了。」

「是、是。」

聽到要一同出席茶會，菲里妮嗓音變尖地回應道，看得出來她很緊張。為了以指導員的身分得到菲里妮的信賴，我盡可能語氣輕柔地對她說了：

「菲里妮，基本上妳只要把事情都交給韋菲利特大人的近侍處理即可。因為妳是下級見習文官，太過出風頭也會招人冷眼。妳要稍微站在後方，仔細觀察會場的氣氛、大家又都在聊些什麼，以便之後向羅潔梅茵大人報告。」

「哈特姆特，感謝你這麼具體的建言。我好像可以努力看看。」

……希望菲里妮能夠就這樣坦率成長。因為羅潔梅茵大人身邊也需要這樣的人。

即使不陪同韋菲利特大人出席茶會，現在的我也能輕易地蒐集到情報。因為迪塔比賽過後，戴肯弗爾格的見習文官們都會邀請我出席聚會，能夠蒐集到上位領地情報的機會急遽增加；再加上連王族都認可羅潔梅茵大人是圖書館魔導具的主人，也開始有上位領地的見習文官主動接近我。

……居然能在社交週開始前的短時間內就引起這麼多話題，不愧是羅潔梅茵大人。

事實上，就連文官的聚會也是依據領地的排名，有時情報十分容易就能取得，有時則不然。情報也分成好幾種，有的只在上位領地間流通，有的是在上位領地與中位領地之間流通時流出，有的是中位領地會互相分享，有的是由中位領地提供給下位領地。能夠得到哪些情報，全靠文官自己的本事。一直以來，艾倫菲斯特雖偶爾會受邀參加中位領地舉辦的聚會，但幾乎都是與下位領地交換情報，很難取得上位領地的消息。

因此，確實了解領地間的上下關係，同時在課堂上與同年的人結為朋友，盡可能多打探到情報，這些事非常重要。然而，我花了好幾年的時間去拓展人際關係，羅潔梅茵大人卻兩三下就成功創造出機會，讓我能與上位領地的見習文官們往來交流，彷彿在取笑我這些年來的努力。上位領地的人都為了情報主動接近我，我也毫不費力地挖取到了情報。

……面對與過往截然不同的光景，有人能夠不為此陶醉嗎？沒有吧。

這天我身為羅潔梅茵大人的近侍，受邀參加了出席者全是上位領地文官的聚會。這還是進入貴族院以來頭一次。在場最先開口的，是多雷凡赫的文官。

「哈特姆特大人，羅潔梅茵大人預計何時返回貴族院呢？我的主人非常希望能與她一同舉辦茶會……」

「我的主人身體虛弱，本來還曾考慮暫緩一年入學，所以很可能得等到貴族院快要關閉前才回來。多雷凡赫想在茶會上取得怎樣的情報呢？」

「我的主人似乎對圖書館的魔導具很感興趣。因為就算問過索蘭芝老師，我們還是不太明白，羅潔梅茵大人究竟是如何辦理了登記……」

想在茶會上相談甚歡，事前的商討不可或缺。我在腦海裡記下「多雷凡赫除了現在的新流行，也對圖書館的魔導具感興趣」，然後露出微笑。

「羅潔梅茵大人是因為睿智女神梅斯緹歐若拉的祝福，成了圖書館魔導具的主人。」

「不，您別說笑……」

「哦？我可沒有說笑，這是事實。羅潔梅茵大人向梅斯緹歐若拉獻上祈禱、給予了祝福以後，休華茲與懷斯就重新動了起來。就算在場親眼目睹，那幕景象還是不可思議到了讓人說不出話來。羅潔梅茵大人因為能在圖書館辦理登記，歡喜之下便釋放出代表風之貴色的黃色祝福，當時的模樣尊貴又神聖，堪稱是名副其實的聖女……」

「我們非常明白了，哈特姆特大人。我們會這樣向主人報告。」

我話才講到一半就被硬生生打斷，但我也習以為常了。稱讚羅潔梅茵大人在迪塔上的表現時，戴肯弗爾格的見習文官倒是都會點頭附和我，所以相較下讓我感到有些遺憾。

「我還聽說羅潔梅茵大人在參加音樂老師們的茶會時，即興創作了歌曲……」

「嗯，羅潔梅茵大人早已創作過好幾首曲子了，這不值得大驚小怪。但是，羅潔梅茵大人真正的價值並不在作曲。」

「……您這句話的意思是？」

見習文官們都傾身向我追問，但我先取得了自己想要的情報。比如他們對艾倫菲斯特有什麼印象、在他們眼裡羅潔梅茵大人與韋菲利特大人是什麼樣的人、對於我們現在開始推廣的新流行有何看法等等。

「那麼，羅潔梅茵大人真正的價值是什麼？除了作曲還有其他的嗎？」

「羅潔梅茵大人真正的價值在於她的演奏。您曾聽著飛蘇平琴的琴聲，感受過在半空中飄揚的祝福嗎？」

「咦？呃……您說的是演奏吧？」

「沒錯。羅潔梅茵大人不僅琴聲優美得讓人聽得入迷，還會用她那稚氣且明亮的嗓音，唱起獻予諸神的頌歌。隨後彷彿是接收到了她的祈禱，七彩繽紛的祝福隨著琴聲一同飄出……只要各位曾經看過那幅如夢似幻的景象，一定馬上就能明白，羅潔梅茵大人身為聖女有多麼受到諸神寵愛。」

見習文官們開始面面相覷，但我繼續滔滔不絕。雖然他們一臉完全聽不懂我在說什麼的表情，但相信總有一日，他們會明白我的主人有多麼卓越不凡。

「真、真希望今後有幸親眼目睹呢。啊，哈特姆特大人，很遺憾得打斷您，但我還要上課，請恕我先告辭了。」

「噢，對了。羅潔梅茵大人也對他領的故事很感興趣，願意以高價買下手抄書籍。雖然我已經在圖書館裡宣傳過了，但煩請各位再轉告下級見習文官。」

「知道了。」

見習文官們逃也似地相繼離開，我卻感到意猶未盡。

……真希望身邊有個人能和我一起稱頌羅潔梅茵大人的不凡。同樣是近侍，願意認真聽我說話的人卻只有菲里妮，實在教人哀傷。

多半是因為羅潔梅茵大人幾乎沒在課堂上露面就返回領地，反而更是激起大家的好奇心，很多人都想來打聽她的消息。我也藉機向他們挖出情報。因為若想向羅潔梅茵大人習得魔力壓縮法，上級貴族也得靠自己的力量賺錢。

就在菲里妮為了羅潔梅茵大人賣力抄寫書籍時，我則在圖書館裡頭宣傳植物紙、出聲提醒想靠近休華茲與懷斯的學生，還有告訴那些勤奮做著參考書的學生們，羅潔梅茵大人有意高價買下他領的故事。每一天都過得無比忙碌。

「那個，哈特姆特大人。剛才有位戴肯弗爾格的見習文官，來向我詢問有關您與柯尼留斯大人的事情……」

一名今年三年級，並非任何人近侍的見習文官叫住我說。我盤起手臂，聽她說明。雖然我早就注意到了有個見習文官並不是針對羅潔梅茵大人，而是針對她身邊的人在打探消息，但並不清楚對方有何目的。而且對方似乎還巧妙地避開我，向其他見習文官蒐集情報。看來有必要也去問問宿舍裡的其他見習文官。

「伊格納茲，她也向你打聽過消息嗎？」

「她問過我關於羅潔梅茵大人的近侍，尤其是上級貴族。可能因為對方屬於排名第二的上位領地，就算要與人建立交情，也想先了解對方的階級吧。」

聽完伊格納茲的回答，我沉思了半晌。戴肯弗爾格的學生感覺就是滿腦中只有迪塔。打從羅潔梅茵大人在比賽中獲勝，他們的態度就一百八十度大轉變，對她極盡吹捧，想與我們打好關係，也是現在還願意聆聽我讚美羅潔梅茵大人的珍貴存在。不分階級與派系，更不分騎士、文官與侍從，都想取得羅潔梅茵大人與斐迪南大人在迪塔方面的情報。依我對他們領地的了解，打聽我們強不強雖有可能，但應該不會在意階級高低。

感覺實在太可疑了，於是我調查了那名形跡可疑的見習文官，得知她名為克拉麗莎。比我低一年級，是上級見習文官，但也不是領主候補生的近侍，只是個不值一提的普通女學生。

……在羅潔梅茵大人回來之前，最好先釐清她有什麼企圖。

那麼，究竟該如何與克拉麗莎接觸呢？——我正為此煩惱時，對方竟然主動約我見面，我因此前往涼亭。若想講悄悄話又不被任何人看見，涼亭是最適合的地點。

但是，一般都是成為戀人的男女才會來這個地方……

她不擔心有人因此誤會嗎？我一邊這麼心想著，一邊打量眼前的克拉麗莎。她將深棕色的長髮編成了麻花辮，任由辮子在身後搖晃，眼睛與戴肯弗爾格的披風同樣是藍色，還閃耀著愉快的光彩。全身散發出來的氣息，與那些想要更加了解羅潔梅茵大人的戴肯弗爾格學生一樣。

「哈特姆特大人，我有話對您說。」

「您似乎一直在我們四周打探消息，這次要問有關羅潔梅茵大人的事嗎？」

「不，我有重要的事情對您說。」

克拉麗莎嫣然一笑，忽然從我的視野中消失。

……咦？

才剛覺得有什麼東西撞到腳，下個瞬間我的身體就一陣懸空，領口更被她一手抓住。我的目光緊接著對上她的藍眼，只見她的眼神宛如捕捉到獵物的野獸，耳畔還傳來一句簡短的咒語聲：「密撒。」

我往後仰倒背部著地，但由於她瞬間拉住了我的領口，不至於用力撞到頭。但是，克拉麗莎竟然順勢跨坐到我身上，手中還握著小刀，貼住我的脖子。那冰冷的觸感讓身體裡的血液彷彿開始逆流，我不禁嚥了嚥口水。

我完全搞不清楚現在到底是什麼情況。我至今從未與人發生過肢體衝突，況且我作夢也想不到，一個並非見習騎士的女性見習文官居然會變出武器攻擊我。

「妳、妳做什……嗯?!」

我正想要抗議，克拉麗莎突然封住我的嘴唇，有魔力從她的雙唇間流過來。發麻般的刺痛感讓我嚇了一跳，忍不住劇烈抵抗，但跨坐在我身上的克拉麗莎動也不動。幸好貼在脖子上的小刀最終只造成了一道小傷口。

克拉麗莎很快移開嘴唇，舔了舔唇瓣檢查我的魔力。

「看來魔力沒有問題，那我放心了。哈特姆特大人，請您提出求婚任務給我吧。」

「啊？」

……求婚？任務？

我完全聽不懂克拉麗莎的要求，茫然仰頭看著她。大概察覺到了我不明白是什麼意思，克拉麗莎開始說明戴肯弗爾格的求婚方式。原來在戴肯弗爾格有種求婚習俗，就是女性若能憑一己之力推倒中意的男性，得到對方提出的求婚任務，達成以後就能與對方結婚。這我還是頭一次聽說。而且是透過親身體驗！

……自己居然會遇到這麼古怪的求婚方式！

「因為我無論如何都想侍奉羅潔梅茵大人。然而很遺憾，我現在的身分是戴肯弗爾格的見習文官。」

她說為了侍奉羅潔梅茵大人，必須成為艾倫菲斯特的貴族，最簡單又快速的方法就是結婚。在擔任羅潔梅茵大人近侍的上級貴族中，考慮到年紀，只有我與柯尼留斯是適合人選。但她已經被柯尼留斯拒絕過了，再加上要撲倒見習騎士感覺有難度，所以她才選定我作為目標。

「現在沒有時間正式提出請求與進行魔力配色，再者今後他領的人也有可能看上羅潔梅茵大人的近侍，所以我絕對不能錯過這個機會。請您與我結婚。」

「您再怎麼急迫，但不說一聲就強吻對方，這樣好像不太好吧……」

我在心裡頭暗叫自己冷靜，一邊思索著有沒有什麼方法能化解這個難關。然而，克拉麗莎牢牢地壓制住我，感覺甚至無法掙脫她的束縛。

「哎呀，您要告訴其他人這件事情嗎？說您被小一歲的女性壓倒在地，受到對方熱切的求愛，甚至還被強吻了？」

這有損於男人的顏面吧？克拉麗莎咯咯笑道，半點也沒有要鬆手的跡象。隨後她維持著跨坐在我身上的姿勢，滔滔不絕地說起羅潔梅茵大人有多麼優秀傑出。

「我真的太感動了！在戴肯弗爾格，因為有太多人想當見習騎士，所以必須參加選拔測試，從小體型就偏矮小的我只能放棄。但是，身為領主候補生的羅潔梅茵大人，明明比當年參加測試時的我還要嬌小，卻在迪塔比賽中擊敗了敵人。靠的不是武力，而是智慧！看到她完全不倚賴體型就贏得勝利，您知道那個當下我有多麼感動嗎？隨著蒐集到了更多有關羅潔梅茵大人的情報，我對更是她佩服得五體投地！」

克拉麗莎說得口沫橫飛，眼中跳動著熾熱的火焰，在在可以看出她就是我在尋找的同好。聽著別人口中對羅潔梅茵大人的讚美，我不由得心蕩神馳起來。

……嗯，感覺還不差。

我感受著克拉麗莎還殘留在嘴裡的魔力，好半天就這麼聽著她讚揚羅潔梅茵大人。

「克拉麗莎，我明白您對羅潔梅茵大人的敬意了。但是光靠嘴說，不足為證。」

「我並不是空口說白話。請出任務給我，讓我證明自己的敬意。」

看著除非我提出要求，否則恐怕不會放棄的克拉麗莎，我稍微思索了自己的結婚對象該具備什麼條件？答案很簡單。

……必須是和我一樣敬仰羅潔梅茵大人、對她讚不絕口的人吧？

「只有能夠取悅羅潔梅茵大人的人，我才打算與她結婚。在明年貴族院開學之前，請您為羅潔梅茵大人準備一份能讓她高興的禮物吧。讓我看看您蒐集情報的本領，以及您想成為羅潔梅茵大人近侍的決心究竟有多堅定。」

克拉麗莎的藍色眼眸亮起無畏光芒，微笑說著「正合我意」，終於消除了小刀。

……那麼，她究竟會帶來什麼東西呢？真教人期待明年的到來。

韋菲利特視角・男性的社交

在女性們的爭相邀請下參加過了幾場茶會後，不知不覺社交週也開始了。收到多雷凡赫的奧爾特溫大人寄來的加芬納邀請函，我高興得只差沒跳起來。這正是我心心念念的男性社交活動！我反覆看了好幾遍奧爾特溫大人的邀請函，馬上命令伊西多回覆我要出席。

……我就是為了這一天一直在練習加芬納！

加芬納是男性社交時十分常見的棋盤遊戲。要用魔力操控棋盤上的棋子，奪得對方的寶物即獲勝，可以說是一種盤上迪塔。為了在貴族院與人社交時不要丟臉，我一直都在練習，由近侍們當我的對手。這比飛蘇平琴與奉獻舞的練習還好玩。雖然之前比撲克牌和歌牌都輸了，但如果是比加芬納，我覺得自己應該能贏羅潔梅茵。

「伊格納茲，現在要不要和我比一場？」

「我是沒關係……」

伊格納茲抬眼瞥向奧斯華德。比一場加芬納很花時間，行程很多的日子不適合玩。也因此，大家多在積雪深厚、無法外出的冬天玩加芬納。男性們在貴族院社交時會經常比加芬納，我想也是因為外頭積雪太厚，從事不了其他的活動吧。

「奧斯華德，與多雷凡赫比加芬納總不能輸得很難看。我需要練習。」

我主張這是我第一次參加男性的社交，絕對不能失敗。奧斯華德思考了一會兒後，同意說道：「那麼只能比一場。」

「伊格納茲，你去拿棋子。亞歷克斯，你和奧斯華德準備棋盤。」

比加芬納時，基本上都是使用自己的棋子。做成騎士造型的棋子很多都極具藝術價值，所以觀賞他人的棋子也是一種樂趣。

……近侍們的棋子我已經看慣了，真期待看看他領領主候補生的棋子長什麼樣子。

伊格納茲去拿棋子的時候，見習護衛騎士亞歷克斯與首席侍從奧斯華德則準備加芬納棋盤。棋盤是相當大的長方形，使用了大量魔石，是奢侈又高價的物品。加芬納因為是種用魔力操控棋子的遊戲，自然棋盤與棋子也是用魔石做成。

「讓各位久等了，首先來交換棋子吧。」

伊格納茲打開從房裡帶來的盒子，往我遞過來。我也打開奧斯華德捧著的盒子，交給伊格納茲。首先要像這樣檢查彼此的棋子，確認棋子裡頭是否還有上次下完棋後未清空的魔力。

「嗯，沒問題。」

「韋菲利特大人，您的這顆棋子是否還留有些許魔力呢？與他領對戰的時候，最好還是小心一些。」

「其實我覺得幾乎都沒有了……但還是小心為上吧。」

我拿來空魔石，靠在伊格納茲指的那顆棋子上，徹底取走殘存魔力，讓伊格納茲再檢查一次。確認所有棋子都沒有殘餘的魔力後，歸還給對方，正式面向棋盤。

「今天一顆魔石的難度就夠了吧？」

伊格納茲說，我點了點頭，打開棋盤短邊上的蓋子。蓋子底下有五顆魔石，我觸碰其中一顆，注滿魔力。棋局的難易度，可以透過魔石的數量來調整。注入的魔力越多，棋局間可使用的棋子數量越多，進攻方式也更豐富多樣。所以，這時候雙方也一定要仔細確認，是否確實只往一顆魔石注入魔力。之後直到分出勝負為止都不能打開蓋子，否則就算違規，這局也就輸了。

「棋子數量是十顆。」

我對伊格納茲說，也從自己的棋盒裡拿出十顆棋子。第一個拿出寶物棋。由於加芬納比的就是誰能率先搶下對方的寶物棋，所以即便難度提升、棋局間可用的棋子數量增加了，只有寶物棋是一定要上場的棋子。

……其他該選什麼呢？

難度一顆魔石的棋局，能用的棋子有弓、劍、槍。除了寶物棋，還要再從中選出九枚棋子。要全部選弓或全部選劍也不是不行，但因為每種棋子的攻擊範圍不同，通常會選擇好幾種棋子做搭配。

透過魔石提高難度後，棋局間能使用的總魔力量也會增加。而且因為要自行調配每顆棋子的攻擊力、防禦力與速度，還能再加入可設置陷阱的文官棋與負責運送回復藥水的補給棋，所以戰局也會更錯綜複雜。

……我目前為止還沒有增加過棋子的數量，但父親大人與叔父大人對戰時，棋子的數量越多，叔父大人獲勝的機率好像就越高。

最終，弓、劍、槍三種棋我各拿了三個，配置在己陣上。擺好棋子後，讓體內的魔力流向棋子。棋子會在盈滿魔力後發出光芒，所以我們趁著這時候決定攻擊順序。

我從盒裡拿出文官棋與補給棋各一枚，分別握在兩手掌心裡，再把拳頭伸到伊格納茲面前。

「你選哪邊？」

「我選左邊，麻煩韋菲利特大人了。」

我攤開左手，掌心上是文官棋。代表伊格納茲先攻。

等所有棋子都發出亮光，對戰便開始了。伊格納茲揮動手指。

「那麼我開始了。」

在出席奧爾特溫大人舉辦的聚會之前，我每天都請近侍們當我的對手，練習加芬納棋。我雖然贏得了伊格納茲，卻經常輸給亞歷克斯，這讓我有些不甘心。

「伊西多，東西都帶了嗎？奧斯華德，我們可以出發了嗎？」

「請您等到第三鐘響吧。因為前往茶會室的路程並不遠。」

我坐立難安地等著第三鐘響起，隨即與近侍一同離開宿舍，前往多雷凡赫的茶會室。這是我首次參加男性的社交活動。我帶著緊張的心情，站在標有數字三的門扉前。

「韋菲利特大人，恭候您的大駕。」

走進茶會室後，奧爾特溫大人上前來迎接我。茶會室裡頭準備了兩個加芬納棋盤。

我再環顧左右，發現披著青綠色披風的藍登塔爾領主候補生達威特大人，與披著茶褐色披風的高斯博第領主候補生康拉汀大人，都已經先一步到達。這下子，一年級的男性領主候補生全員到齊了。

「今天沒有高年級生出席呢。」

「嗯，高年級生還沒修完課吧。因為他們的修課數比我們多了不少，得等到社交週後半段才會開始參加。在那之前，我想我們一年級生應該先習慣一下社交時的氣氛，所以舉辦了今天的聚會。」

聽完奧爾特溫大人的解釋，我點頭應道：「原來如此。」和有多名領主候補生的多雷凡赫不同，我連高年級生一般要修多少課都不曉得。看來最好趁著現在蒐集有關領主候補生的資訊。

「等升上三年級以後，還可以去狩獵吧？我也很期待這項活動。」

達威特大人笑著說道。一年級生才剛在課堂上學會變出騎獸，也才剛得到思達普；到了二年級，會在術科課程上學習用魔石製作鎧甲，用思達普變出武器。等上完這些，從三年級開始，聽說男性候補生就能帶著護衛騎士參加狩獵。看來達威特大人也很清楚這些事情。我「嗯、嗯」地點頭聽著大家的說明。

「等二年級的課上完，還能在自領裡頭與騎士團一起練習狩獵。看到異母兄長們都在參加，我也想趕快加入他們。」

康拉汀大人他們都有兄長，所以從他們那裡聽來的有關領主候補生的消息，十分具有參考價值。因為關於男性之間該如何社交，基本上只有父親大人為我提供資訊。他還提醒過我，政變過後，現在的情況可能與以往大不相同，近幾年的資訊也不多。雖然近侍們也會提供一些消息，但他們也很難蒐集到領主候補生的情報，只能我自己蒐集。

……說到親族，其實還有叔父大人，但我和他的關係並沒有好到可以聊這些。

對我來說，叔父大人是個每次見面就會出一堆作業給我的存在。再說得精確一點，是只有要出作業時才會叫我過去。自從羅潔梅茵醒來，叔父大人就把注意力都放在她的教育上頭，其實我有些鬆了口氣。

我們邊喝茶邊交換情報，接著下加芬納棋。先分成了我與奧爾特溫大人對戰，達威特大人與康拉汀大人對戰。

首先，自然是從檢查彼此的棋子開始。奧爾特溫大人的棋子是寶物棋為淡褐色，其他統一為紫紅色。

「跟奧爾特溫大人的頭髮和眼睛是一樣顏色呢。」

「這是父親大人為我訂做的。聽說為了做出一樣的顏色，費了不少工夫。那韋菲利特大人的棋子是……」

「我不是參考眼睛的顏色，而是根據誕生季節的貴色。」

「原來如此，造型真是精美。」

我們一邊閒聊，一邊檢查棋子。這天我同樣完美地取出了所有魔力，所以檢查順利地結束了。

「這次因為是我們首次對戰，難度設定為一顆魔石吧。」

「所以下次開始要增加難度嗎？」

我好奇問道，奧爾特溫大人邊點頭邊注入魔力。

「我認為在高年級生開始邀請我們之前，最好先練習到能挑戰兩顆魔石的難度。畢竟偶爾就是有些高年級生，總喜歡挑釁問道：『你從來沒提升過難度嗎？』……」

之前父親大人說過，低年級的時候因為我們還不習慣壓縮魔力，能比一顆魔石難度的加芬納棋就足夠了，但是現在看來，往後練習時有必要提高難度。幸好今天就知道了這則資訊。等回到宿舍，接下來有段時間都得努力練習加芬納棋，否則在社交活動期間進入後半段以後，我可能會感到吃力。

我邊想著這些事情邊擺放棋子。先擺完棋子的奧爾特溫大人拿出文官棋與補給棋，分別握在兩手掌心裡，往我伸出拳頭。

「韋菲利特大人，您要選哪邊？」

「我選右邊，麻煩您了。」

奧爾特溫大人打開右手，掌心上是補給棋。代表我後攻，奧爾特溫大人先攻。

「那麼由我先攻擊。」

奧爾特溫大人先把兩枚棋子放回盒裡，接著看向我擺放的棋子，交抱手臂開始思索。不知道奧爾特溫大人會怎麼展開攻擊？我也看著他配置的棋子暗暗思考。等到所有棋子皆亮起光芒，奧爾特溫大人就揮動手指操作棋子。劍棋與槍棋輕輕浮起，往上移動一格。接下來換我了。

一開始都不會有太大的動作。我在腦中思考著幾種走法，操作棋子。

「韋菲利特大人都是照著基本的走法呢。」

「父親大人說過，我現在的實力還沒辦法活用各種走法操控棋子，必須先習慣基本的走法才行。他還罵我過於注重攻擊，防禦漏洞百出。」

我第一次練習自己分配每顆棋子的攻擊力、防禦力與速度時，因為太過偏重攻擊，輕忽了防禦力，結果父親大人的弓棋一下子就從遠處將我打得節節敗退。我急得拚命想減少父親大人棋子的數量，寶物棋卻在不知不覺間被攻陷。

……父親大人說憑我的實力，要想擬訂高明的戰術還得練上好幾年。

「對了，我的姊姊大人對艾倫菲斯特的髮飾很感興趣呢。」

奧爾特溫大人輕揮左手，操作著自己的棋子說道。我很快瞥了他一眼，目光立即回到棋盤上，一邊思考下一步，一邊回答：「……竟然能引起阿道芬妮大人的興趣，真是我們的榮幸。」

……奧爾特溫大人為什麼要在男性的社交活動上提起髮飾？難不成他想叫我為阿道芬妮大人挑選髮飾嗎？

想起參加全是女性的茶會時，她們對我提出過的種種要求，我忍不住直瞪著加芬納棋瞧。老實說，我很不擅長挑選飾品。因為從小祖母大人不曉得對我發過多少次牢騷，所以我非常清楚：其實女性在提問的時候，心裡早就做好了決定，只是想聽別人附和。一旦選擇的或稱讚的東西不是女性內心想要的，她們常會大失所望。

……奧爾特溫大人，不行。千萬不能心急。為女性挑選物品可是高難度任務。

但我決定先別多嘴，除非奧爾特溫大人有什麼提議或命令再來應對，把注意力放在加芬納棋上。

「……韋菲利特大人，您是否感到疲倦呢？」

沉默了一會兒後，奧爾特溫大人窺看著我的表情問道。我不明白他為什麼問我是否累了。難道是因為我不發一語陷入沉思，這個反應並不妥當嗎？

「不，我只是把精神都集中在加芬納棋上，並沒有特別感到疲累。怎麼了嗎？」

「因為難得這是個好機會，您看來卻絲毫沒有打算要推廣艾倫菲斯特的新流行，讓我感到有些訝異。」

……是嘛。原來這其實也是推廣新流行的場合嗎？

但艾倫菲斯特的新流行比起男性，大多更討女性的歡心。這種時候該怎麼宣傳才好？我自己既未用過絲髮精，也說不出髮飾的好壞。這些事情我想全部丟給羅潔梅茵。

「……嗯，這是因為現在羅潔梅茵回去了，不在貴族院，我一名男性卻受邀參加了好幾次女性的茶會，同樣的話已經講過無數遍了。真希望羅潔梅茵能早點回來。」

「也是，男性獨自一人參加女性的茶會，確實會很疲憊呢。我有時也不得不參加姊姊大人與她朋友們舉辦的茶會，精神上真的非常疲累。」

奧爾特溫大人似乎是平常就和我有一樣的心情，語氣中透露出了些許厭煩。雖然羅潔梅茵還沒逼著我陪她參加社交活動過，但光是想像自己被帶去參加艾格蘭緹娜大人或漢娜蘿蕾大人的茶會，我就渾身倦怠無力。

「我也參加過祖母大人她們的茶會，還以為自己已經稍微習慣了，但話題與氣氛畢竟和男性的社交截然不同……男性的社交活動上不會提到髮飾，讓我覺得很輕鬆。」

我意有所指地嘀咕，暗示就算問起有關髮飾的事情，但我根本沒戴過，實在不知道該怎麼回答。奧爾特溫大人感到有趣似地輕笑起來。笑容中多半帶有同情的成分在。

「姊姊大人也會要求我為她挑選寶石。她還說我以後得贈送魔石做的項鍊給結婚對象，也得幫忙準備縫製服裝用的布匹，所以需要累積經驗。可是，我總覺得每個款式看起來都差不多。」

……我懂！

「她們總會拿出好幾種款式要人挑選，但每種款式的差異卻又小到我根本看不出來，到最後只覺得每個都可以。我實在搞不懂女性的挑選標準。」

就算聽到她們說，只要顏色稍有不同好像就不太適合這套服裝，我還是一頭霧水。既然覺得不會適合，打從一開始就不該列入考慮啊。但我只敢在心裡頭反駁，因為要是多嘴說了，倘若對象是祖母大人，她的絮絮叨叨可會長到教人吃不消。我分享了自己的經驗後，奧爾特溫大人一臉非常可以體會地用力點頭。

……是同伴！

「我和你好像能成為很好的朋友，我可以直接叫你韋菲利特嗎？」

奧爾特溫大人咧嘴一笑，移動棋子。我也正好在心裡想著一樣的事情。

「好的，這是我的榮幸。那我也可以直接稱呼您為奧爾特溫嗎？」
「嗯，沒問題。你講話也別再那麼拘束了。」
畢竟對方屬於上位領地，我還是要先徵求同意，他也十分爽快地點頭。
奧爾特溫……嗎？
就這樣我在貴族院結交到了第一個朋友，為此高興得不得了。

「果然男性就該從事男性的社交活動。」
雖然在加芬納棋的對戰上落敗，但結交到了新朋友，我也在心裡訂下了下次對戰要擊敗奧爾特溫的目標，心情無比暢快。接下來我打算多安排一點男性的社交活動，減少與女性舉辦茶會的次數。明年夏綠蒂也會入學。萬一受到兩個妹妹牽連，被帶去參加茶會，我的人生只怕要黯淡無光。我要從現在開始慢慢遠離女性的茶會，到了明年更要態度堅決地拒絕邀請。

……嗯，這計畫太完美了。
然而我預想的計畫，只完美了非常短暫的一段時間。正式進入社交活動期間後才過不久，他領與自領的貴族們紛紛向我提出請求：「請別總是出席男性的社交活動，身為領主候補生，應該邀請他領的領主候補生舉辦茶會。」但是一旦舉辦，之後恐怕有好段時間都得參加茶會，靠我一個人實在應付不來。
不僅如此，王族與上位領地也接連來信催問：「羅潔梅茵何時才要回來？」

「父親大人，請盡快讓羅潔梅茵返回貴族院！」

「很遺憾，斐迪南說了，得到領地對抗戰快要開始前才能讓她回去。萬一她再惹出更多麻煩，你也很傷腦筋吧？」

一開始，我還能理解父親大人這樣的回覆。我確實不希望羅潔梅茵又在這時候惹出麻煩。既然父親大人與叔父大人都覺得，在領地對抗戰即將開始前再讓她回來比較好，相信這麼做一定能讓人少操點心。然而，亞納索塔瓊斯王子卻現身在我參加的男性社交活動上，還在下加芬納棋的時候，一直問我羅潔梅茵何時回來，我馬上改變了主意。與其要面對王族的逼問，我還寧願花時間把羅潔梅茵惹出來的麻煩寫成報告書。

「父親大人，現在正是因為羅潔梅茵不在，事態非常嚴重。請您至少告訴我她預計回來的確切時間！」

這就是我的妹妹羅潔梅茵，在與不在都教人頭痛。而她很快就要返回貴族院了。

托勞戈特視角．

比預期要重的處罰

「尤修塔斯，托勞戈特就拜託你了。」

母親大人這麼說著將我託付給舅父大人，但我只覺得丟臉又沒面子，想趕快出發前往貴族院。一族會議結束後，能夠返回貴族院，我打從心底鬆了口氣。雖說辭去領主一族的近侍一職，在貴族間是件不好的事情，但連日來的說教讓我煩不勝煩。

……就因為是唯一的孫女，祖父大人也太偏袒羅潔梅茵大人了吧？

我的祖父波尼法狄斯大人，在孫子當中最疼愛唯一的孫女羅潔梅茵大人，這件事早已眾所皆知。但我覺得他溺愛過頭，影響到了他的判斷力。

「你竟敢看輕羅潔梅茵，真是好大的膽子！你再怎麼愚蠢，也該明白兩人的身分有何等的差距！」

雖然祖父大人這麼說，但羅潔梅茵大人在領主一族中血統最不純正，這明明就是更改不了的事實。跟有他領領主一族血緣的韋菲利特大人與夏綠蒂大人比起來，簡直是天壤之別。說句實在話，她甚至比不上部分的上級貴族。

我和羅潔梅茵大人同樣都是祖父大人的孫子，再看母親那邊的血緣，羅潔梅茵大人是萊瑟岡古的貴族，我則是領主一族的旁系。我的血統還比她高貴。我會有些輕視她，也是無可厚非吧。

不僅如此，知道我是因為想學習魔力壓縮法，才選擇成為羅潔梅茵大人的近侍，祖父大人更是為此震怒，還對於我在比迪塔時反抗羅潔梅茵大人的指示大發雷霆，怒吼說著要取消我與安潔莉卡的婚約。

……有必要這麼生氣嗎？

外祖母黎希達曾說：「不管基於什麼理由成為近侍，只要好好侍奉主人就沒問題。」既然如此，就算我的理由是魔力壓縮法也沒關係吧。要不是因為想學魔力壓縮法，我老早就去當韋菲利特大人的護衛騎士了。要我保護一個被雪球輕輕碰到就會暈倒的主人，老實說這麼麻煩的工作我才不想做。更何況，女性領主候補生的社交活動幾乎都是茶會，護衛的工作就是負責呆站在旁邊，簡直無聊透頂。倒不如成為同性領主候補生的護衛騎士，一起去打獵、在命令下陪主人玩加芬納棋，這還有趣多了。

……為了學習魔力壓縮法，我可是侍奉著最糟糕的主人，一直苦撐到了現在。

在羅潔梅茵大人插嘴干涉迪塔比賽的時候，明明她是主人，我卻按捺不住自己的脾氣，態度或許真的有些不敬吧。可是，一個被雪球砸到就會暈倒的小孩子哪裡懂得迪塔。居然在比迪塔時禁止我們出手攻擊，我才一肚子火呢。

此外，與安潔莉卡的婚約也只是祖父大人的決定，想讓愛徒與自己的族人成親，又不是我想娶她。安潔莉卡身為騎士固然很強，但學業成績不好，還是不適合出席社交活動的中級貴族，我從不覺得她有資格成為我的妻子。畢業在即的安潔莉卡與她的親族或許會很困擾，但婚約就算取消了，我也不痛不癢。

由於身為領主一族的祖父大人大動肝火，父母親也對我嚴加指責，但我自己倒很滿意現在的結果。我總算自由了。雖然哈特姆特多嘴的時候嚇出了我一身冷汗，但幸好這個主人不知該說是宅心仁厚，還是太天真了。她已經答應要把我一直想知道的魔力壓縮法教給我，還要我自己請辭，而不是將我解任。甚至幫忙阻止了氣得發狂的外祖母大人，對於我貴族的名聲也沒造成多少傷害。

……不管囉哩叭嗦的外祖母大人與父母親說什麼，我都已經請辭了，再也不是近侍。

我再也不用稱呼一個虛弱到得戴著輔助魔導具才能行動、外表還年幼到會被他領貴族恥笑的小女孩為主人，也不用再配合這個成天給人製造麻煩的蠻橫女童。明明只要吩咐文官去拿書就好，她卻不顧近侍的修課情況、也不顧每天都要面對領主候補生的索蘭芝老師會有多麼困擾，每天都興沖沖地跑去圖書館。

但畢竟還因此召開了一族會議，將我臭罵一頓，我確實也覺得自己「作了錯誤決定」。但我指的是侍奉羅潔梅茵大人這件事，並不是請辭一事。

……這下子我自由了。

不對，還不算是真正的自由。因為接下來冬天的後半段時間，舅父尤修塔斯會以侍從的身分隨著我前往貴族院。他是負責監視我的親族。

「雖說有一族的命令，但要我當這種無能外甥的侍從，我還是千百個不願意。」

聽他口口聲聲說我無能，我非常火大。我曾聽說舅父大人是因為把心力都投注在自己的興趣上，無法好好侍奉主人，才從喬琪娜大人的近侍候補人選中被剔除，並在前任奧伯的命令下，被派去服侍遭到薇羅妮卡大人萬般冷落的斐迪南大人。

但是，因為外祖母大人曾悲痛地吶喊過：「不如就由我成為托勞戈特的侍從，從頭改正他的觀念！」所以就算沒什麼能力，我還是很慶幸指派給我的侍從是舅父大人。至少斐迪南大人並未將他解任，代表他身為侍從仍有一定的基本能力吧。

我自行得出結論時，卡斯泰德大人拿出了一封書信，交給舅父大人。

「我已經收到斐迪南大人的同意書，他也說這樣正好，願意把你借出去。」

「……這樣正好？」

舅父大人看完同意書後，「嗯、嗯」地點頭，隨即撤回前言說：「我明白了。那走吧。」看來舅父大人十分服從主人的命令。那麼成為我的侍從以後，應該也沒什麼問題吧。我也覺得這樣子正好。

「母親大人，請您去陪著父親大人吧。他的身體狀況又有些惡化了吧？」

「……托勞戈特，這還不都要怪你闖下大禍。到了貴族院，你一定要好好看清自己的處境，知道了嗎？」

在母親大人的瞪視下，我與舅父大人一同踏進轉移陣。等回到貴族院，就是我自己的事情了。這一刻的我真心如此認為。

「那我先去多功能交誼廳了。」

「你在說什麼？還不快過來。」

回到貴族院以後，我正一如既往打算走去多功能交誼廳，等著房間整理完畢，卻被舅父大人拎著後領帶回房間。該不會是要說教吧？我繃緊全身，舅父大人卻是指著被搬進房裡來的一堆木箱，說：「快點收拾。」

「啊？要由我收拾行李嗎？這不是你身為侍從的工作嗎？」

「你不快點收拾好行李，我就沒辦法幫你更衣，也無法做自己的工作。所以動作快。」

簡直莫名其妙，舅父大人的工作不就是整理行李嗎？

「尤修塔斯，你……」

「叫我舅父大人。我會以你侍從的身分來到這裡，並不是因為和你簽了主從契約，只是一族會議做出了這樣的決定，而我的主人也同意了。記住，你可不是我的主人。」

「你、你說什……」

我們確實沒有簽過主從契約，但既然以侍從的身分與我一起來到貴族院，那他的主人應該變成了我才對。我完全無法理解。

「我的主人斐迪南大人吩咐我，要在貴族院內蒐集情報、掌握宿舍內部的情況，還要栽培文官。而擔任你的侍從，是這當中最無關緊要的一項工作，所以我會有空時再做。我很忙，別來打擾我。」

舅父大人說完，開始整理自己的行李，而不是我的。

「什麼?!但來到貴族院以後，你的主人是我才……」

「無論何時何地，我的主人永遠是斐迪南大人。你是不是忘了，自己正在接受一族下達的處罰？你的想法還真是天真哪……再怎麼無能，也該明白這麼簡單的道理。真是麻煩透了。」

舅父大人竟然只整理了自己的行李，接著就坐在我的書桌前看起資料。自己的行李都整理好了，那至少可以過來幫幫我吧。

「舅父大人，既然您自己的行李整理完了，那我的……」

「只是這麼點行李，你還沒整理完嗎？我要去宿舍巡視一圈，好歹在我回來前自己想想辦法。」

舅父大人用打從心底瞧不起人的眼神看著我說完，拿起資料離開房間。至此我總算領悟到，舅父大人是真的不打算幫我整理行李。學生本來就只能帶一名侍從來貴族院，現在又因為指派了舅父大人給我，代表我無法再和往常一樣過著貴族該有的生活。

……這就是一族給我的懲罰嗎？

我不甘心地緊緊咬牙，開始整理行李，沒過多久舅父大人回來了。「你還沒整理完嗎？」他環顧了房內一圈，再度坐在我的桌前寫起資料。那副模樣儼然是個文官。

……雖然不知道他在做什麼，但反正不是什麼像樣的事情吧。

仔細回想起來，我對舅父大人幾乎一無所知。只記得母親大人與外祖母大人經常一臉無奈地說：「尤修塔斯真是喜歡那些派不上用場的情報呢……」但是，我自己與他真正打到照面的次數並不多。

「嗯？奧多南茲？」

看見一隻白鳥飛進房間，我伸出手臂想讓它停下。然而，奧多南茲卻跳過我，降落到舅父大人面前。

「尤修塔斯大人，我是柯尼留斯，剛剛返回貴族院。羅潔梅茵大人不久也將抵達。」

奧多南茲重複了三次傳話後，變回黃色魔石。舅父大人回道：「知道了，我們會過去打聲招呼。」接著把筆放下。

「等一下得向羅潔梅茵大人打聲招呼，你還在整理行李嗎？動作未免也太慢了，當真是姊姊大人的兒子嗎？……啊，畢竟有那樣的父親，也難怪有這樣的兒子。」

「舅父大人，您說什……」

「我叫你趕快收拾。」

舅父大人說完，動手整理起剩下的行李。眼看他兩三下就整理好了，我真希望他能早點幫忙。我可是從未受過侍從教育的見習騎士，舅父大人對我要求太多了。

「托勞戈特，走吧。」

「……走去哪裡？」

「你還真的完全沒在聽人說話。我剛才不是說了，羅潔梅茵大人即將回到貴族院，要去打聲招呼嗎？」

舅父大人用鄙視的眼神看來，我不由得一陣光火。

「我的侍從幹嘛要去打招呼？」

「我有斐迪南大人交代的工作要做。況且，你也必須向羅潔梅茵大人道歉。在一族會議上被罵得那麼慘，你該不會還不明白自己到底做了什麼吧？」

我不覺得自己做的事情有多嚴重啊……

我如此心想，但萬一脫口說了出來，被舅父大人呈報上去，結果在貴族院的課程結束後又要再次召開一族會議，我可受不了。表面上還是向羅潔梅茵大人道聲歉，比較不會惹人非議吧。

「羅潔梅茵大小姐，久疏問候了。」

搶在我開口前，舅父大人就先寒暄說道。侍從居然沒經過我的介紹就向自己攀談，羅潔梅茵大人肯定很吃驚吧。豈知，羅潔梅茵大人卻笑著接受了舅父大人的問候。

「尤修塔斯，普朗坦商會的人告訴我，他們承蒙了你諸多關照呢。這兩年來，聽說都是你幫忙處處費心。謝謝你的協助，接下來也要麻煩你了。」

……承蒙了舅父大人諸多關照？

對於平日裡極少見面、也不曉得他在做什麼的舅父大人，居然與羅潔梅茵大人互相認識，我大吃一驚。回想起來，斐迪南大人是羅潔梅茵大人的監護人。可是，我沒想到她會與監護人的近侍這麼親近。

……舅父大人至今都在做什麼工作啊？之前單憑外祖母大人與母親大人對他的牢騷，我一直以為他碌碌無能，但其實不是嗎？

「嗚！」

我沉浸在自己的思緒裡時，側腹忽然一陣劇痛。花了好幾秒鐘的時間，我才理解到是舅父大人用手肘狠狠攻擊我的側腹。雖然我很想大喊「你做什麼?!」，卻痛得發不出聲音來。光是強忍著別發出丟臉的叫聲，就已經費盡全力。

「托勞戈特，你應該有話要對大小姐說吧？愣在這裡做什麼？」

那充滿威嚇的低沉嗓音與冰冷的視線，讓我倒吸口氣。感受到了舅父大人滔天的怒火，我也不敢反抗，只能咬緊牙，護著側腹跪在羅潔梅茵大人面前。

「……羅潔梅茵大人，都怪我思慮太過淺薄，先前才對您那般失禮，實在萬分抱歉。在此由衷向您謝罪。」

……這樣就好了吧？

我這樣心想道，只見舅父大人的眼神更加冷冽。他還對羅潔梅茵大人說，不能接受我的道歉，之後更是無視於我，與羅潔梅茵大人一邊討論著有關文官教育的事情，一邊走進多功能交誼廳。我徹底成了附屬品。

走進多功能交誼廳後，學生們為了迎接羅潔梅茵大人都聚攏過來。由於我不再是羅潔梅茵大人的近侍，正想離開原地，舅父大人卻再度痛打我剛被他攻擊過的側腹。

「咕嗚……」

「你要去哪裡？在我和大小姐討論完之前，你不能離開我身邊半步。你也差不多該看清自己的處境了吧。」

舅父大人用旁人聽不見的音量對我說道。說到一半時，傳來羅潔梅茵大人的叫喚。但她叫的不是我，而是舅父大人。

「如今宿舍裡頭並沒有可靠的舍監。現在我不是請你以托勞戈特的侍從，而是以斐迪南大人的文官的身分，能不能為我提供建言呢？」

……以斐迪南大人的文官的身分？不是以侍從嗎？

不同於不明就裡的我，羅潔梅茵大人與舅父大人似乎都清楚明白這是什麼意思。舅父大人接著開始向四周的學生們詢問現況，再接連下達明確的指示。看到舅父大人完全不是我想像中的無能之人，我瞠目結舌。

我在心裡修改了對舅父大人的評價後，隔天他告訴我要與另一名侍從交換。

「今天我要陪同羅潔梅茵大人出席王族的茶會。這段期間，會改由母親大人擔任你的侍從。我接下來要進行準備，你想去多功能交誼廳就去吧。」

「……是喔。」

他們都已經決定好了，我不管說什麼也沒用吧。我點了點頭。比起老是以自己工作為優先的舅父大人，外祖母大人雖然有些愛說教，但肯定會做好侍從的工作。我有些放心地吐一口氣。

於是，我先往多功能交誼廳移動。因為要和大家一起討論有關領地對抗戰的事情。雖然說過討論有關領地對抗戰的事情時要以韋菲利特大人的近侍為中心，但是關於迪塔，其實是柯尼留斯與萊歐諾蕾有更大的發言權。

羅潔梅茵大人返回領地以後，我們又與戴肯弗爾格比了一次奪寶迪塔，結果卻徹底慘敗。因此，大家都對羅潔梅茵大人在首次比賽時下達過的指示，還有當時大顯身手的護衛騎士們另眼相看。眾人根據萊歐諾蕾蒐集來的騎士資料與魔物的攻略方法，重新擬訂作戰計畫，並多次強調團隊合作的重要性。比迪塔期間，被說了好幾次「別擾亂隊形」的我，感到相當沒面子。就算我開口說：「但比競速迪塔時，攻擊力比團隊合作更重要吧？」眾人也只回一句「你還不明白團隊合作的重要性嗎？」就要我閉上嘴巴。自己的發言被無視到這種程度，這還是頭一次。

「……哎呀？這位是誰呢？」

這時，忽然有名陌生的女性走進多功能交誼廳。雖然比母親大人豐腴一些，但又像極了母親大人。我一眼就看出這名女性是誰了。是舅父大人。

……舅父大人，你在做什麼?!

剛才他只說要為王子的茶會進行準備，但誰想得到他會扮成女裝！我看向應該有辦法制止舅父大人的外祖母大人。只見她非常厭惡地皺起臉，卻沒有要阻止的樣子。

……難道外祖母大人早就知道了嗎?!

我的嘴巴一張一合，有種遭到背叛的感覺。這時，舅父大人已經走到羅潔梅茵大人面前，屈膝跪下。羅潔梅茵大人的表情十分吃驚，顯然是首次見到他這副打扮。

……拜託了，羅潔梅茵大人。請妳快罵舅父大人，要他馬上換下來！

然而我悲切的祈願落了空，羅潔梅茵大人竟然只是側過臉龐說：「尤修塔斯還能變聲嗎？」不對，該感到驚訝的不是這個。

……真的沒關係嗎?!是妳要帶著他到處走動喔?!

我不懂羅潔梅茵大人怎麼有辦法輕易接受，還視為理所當然。哈特姆特甚至一臉沉思地說：「這也是我該具備的技能嗎？」

……文官怎麼可能需要這種技能！

而且舅父大人居然拿母親大人的名字當假名，就算我出聲抗議也充耳不聞，宿舍裡的學生們朝我投來同情的眼光。如果這就是一族給我的懲罰，未免也太殘忍了。

「外祖母大人，這就是一族給我的懲罰嗎？」

目送羅潔梅茵大人與舅父大人他們離開後，我回到房間，這麼問外祖母大人。

「是啊。必須默默承受這樣的現狀，就是給你的處罰……其實，我本來還提議過把你送進神殿，卻遭到大小姐的反對。後來斐迪南小少爺又來找我商量，說他想把尤修塔斯送進貴族院，希望我能提供協助。」

聽到辭去近侍一職，居然嚴重到有可能奪去我貴族的身分，我倒抽了口氣。我沒想過這件事有這麼嚴重。

「要讓扮成那副德行的尤修塔斯跟在大小姐身邊，我也是千百個不願意。但是，既然這是齊爾維斯特大人與斐迪南小少爺的要求，羅潔梅茵大小姐也接受了，我也無可奈何。必須忍受這種情況，也是給我的懲罰吧。」

「給外祖母大人的處罰嗎……？」

「因為當初推薦你成為大小姐近侍的人，就是我呀。」

外祖母大人垂下肩膀，甩了甩頭。我想起了當時與外祖母大人的對話。那時羅潔梅茵大人還在尤列汾藥水裡沉睡，韋菲利特大人也詢問我有無意願成為他的護衛騎士。

「托勞戈特，你不成為韋菲利特大人的護衛騎士，要等到羅潔梅茵大小姐醒來嗎？」

「是的，外祖母大人。因為我想學習魔力壓縮法，所以希望在羅潔梅茵大人醒來以後，您能推薦我成為她的護衛騎士。」

當韋菲利特大人的護衛騎士就學不到魔力壓縮法，所以我也是出於無奈，只能表示自己想成為羅潔梅茵大人的護衛騎士。柯尼留斯與安潔莉卡開始壓縮魔力以後，魔力就以令人瞠目的速度不斷成長。本來是和我一樣強的人，卻被他們慢慢甩在後頭，這對我來說是難以忍受的屈辱。

「大小姐還要再沉睡一年以上的時間，沒有多少候補人選願意繼續等待。托勞戈特，即便你的目的是魔力壓縮法，但也願意誠心誠意侍奉大小姐吧？倘若你做得到，我便會推薦你。」

聽完外祖母大人的叮嚀，我嘴上應著「是」，但在心裡補上一句：「直到學會魔力壓縮法之前，我會誠心誠意侍奉她。」外祖母大人是領主一族的侍從，總是因應當下的情勢侍奉不同的主人。那我也一樣在達到目的以後，再換個主人侍奉就可以了……

……外祖母大人不也相繼侍奉不同的主人嗎？為何我的請辭要這麼備受指責？

我這麼心想道，但看著神情憔悴的外祖母大人也不忍心再追問，只是沉默不語。

「必須趕快寫報告書才行……托勞戈特，跟我回房吧。」

與羅潔梅茵大人一同外出的舅父大人一返回宿舍，就要我跟他一道回房間。但我還在討論有關領地對抗戰的事情，卻來不及反駁。大家也催促我回房說：「你還是快點跟上比較好吧？」

原本因為社交活動與即將到來的領地對抗戰，大家該做的事情多到數不清，舅父大人卻迅速又恰當地分配完畢，所以不過兩天的光景，他就得到了眾學生的支持。還是學生的我，如今在宿舍裡頭徹底成了舅父大人的附屬品。我告訴自己「這是處罰」，乖乖走回房間。

「舅父大人，有什麼事嗎？」

我不甘不願地叫喚正在摘除頭飾的舅父大人。他頭也沒回，故作嫵媚地說：「沒時間了，你幫我脫衣服。」

「我幫就是了，但請您別再打扮成這副樣子。還有，也別再用女聲說……」

「你無權干涉我的工作。我只是為了知道王族與庫拉森博克都和大小姐在聊些什麼，所以需要男扮女裝，但想不到收穫非常豐碩。斐迪南大人一定會很高興。」

……居然建議舅父大人扮成女裝，斐迪南大人的腦袋是不是有毛病啊？

竟然不將這種近侍解任，絕對不是正常人。舅父大人問我他頭上還有沒有髮飾，我凝神檢查起他那一頭與母親大人相似的褐色髮絲。

「話說回來，真虧您能弄來一整套女性侍從的工作服。」

「我看著母親大人與姊姊大人的衣服，模仿外觀做出來的，但這可不是真的工作服。我看你連眼力也不好。」

雖然我看不出來，但似乎是細節的地方不一樣。舅父大人說只要遠遠看起來差不多就好了。但是比起這件事，他好像脫口說出了更驚人的事實。

「您說做出來，難道是指自己親手……？」

「那當然。這是變裝用的服裝，沒人會服侍我穿，總不能指望有人來幫忙。」

……不對，這種事不重要。我驚訝的是舅父大人居然會縫紉！

他到底對女裝傾注了多少熱情？我光想就頭痛。舅父大人啪沙一聲取下假髮，接著解開脖子後方的細繩，卸下用以遮蓋胸前鈕扣的飾品。

「我只是仿照外觀做得很像，但這件衣服我既能獨自一人穿脫，裡頭還能暗藏各式各樣的道具……你瞧。」

「請不要把裙子掀起來！我一點也不想看！」

接著，我幫忙舅父大人解開衣服上的細繩、把東西收進木箱裡。幫著幫著，對於自己是見習騎士的自我認同好像正劈哩啪啦地出現裂痕。

然而意外的是，宿舍裡的大家普遍都能接受舅父大人的男扮女裝。也可能是因為這和自己無關，選擇不去正視吧。與此同時，舅父大人對待我的態度非常隨便這件事，也在宿舍裡頭傳開，旁人都對我投來同情的眼光。畢竟本該照料我生活起居的侍從，現在卻隨心所欲行動，完全不聽我使喚。就這方面來看，我搞不好過得比下級貴族還糟。

但是，稍微冷靜下來後，站在舅父大人身邊觀察宿舍內部的情勢，我發現羅潔梅茵大人的近侍們才是負責帶領學生的中心人物。今後的主流勢力，將不再是韋菲利特大人，而是羅潔梅茵大人吧？

我本來也是中心人物之一……

我對於自己主動脫離了主流勢力深感後悔，接著想到了可以終結這種悲慘生活的好主意。我是因為辭去了羅潔梅茵大人的護衛騎士一職，才會接受這種處罰。那如果想讓舅父大人遠離自己，只要再回去當羅潔梅茵大人的護衛騎士就好了。這樣一來，肯定就能消除祖父大人與族人的怒火，這麼殘忍的處罰也會結束吧。

我回到房間，告訴舅父大人：「我決定誠心誠意向羅潔梅茵大人道歉，再回去當她的護衛騎士。」舅父大人眨了幾下眼睛後，用鼻子發出哼笑。

「大小姐早就把你撇得一乾二淨了，你在說什麼蠢話……簡直愚不可及。」

「什麼?!可是……」

……羅潔梅茵大人心胸寬厚，思想又天真。只要假裝掉幾滴眼淚，做出反省的樣子，她一定就會原諒我吧。

雖然沒說出口，但舅父大人似乎仍看穿了我的想法。下個瞬間，我的胸口傳來劇痛，好幾秒鐘無法呼吸。好不容易吐出憋住的那口氣時，我已經被壓住喉嚨，摺倒在地。

「嗚……呃……！」

居然被不是騎士的舅父大人壓制得動彈不得，完全無力還手，這個事實讓我身為見習騎士的自尊心應聲碎裂。

「羅潔梅茵大小姐早就跟你撇清關係了。聽說她因為不想看到你在自己身邊打轉、也不想為你浪費時間，還叫母親大人不要考慮把你送進神殿當作處罰。在大小姐眼裡，你比神殿的孤兒還沒有價值。」

這怎麼可能……

聽到外祖母大人說，羅潔梅茵大人反對把我送進神殿時，我還心想「她果然心腸很軟」，所以是我會錯意了嗎？不，不可能。

就在我快要失去意識之前，舅父大人稍微鬆開了壓住我脖子的手，我總算能夠呼吸。但是，他並沒有把手移開，依然頃刻間就能要了我的命，一臉傻眼地低頭看我。

「你都在一族會議上被罵得那麼慘了，還是完全不明白嗎？你雖說是自己請辭，但事實上就與遭到解任差不多，這在貴族院裡頭已是人盡皆知。母親大人與卡斯泰德大人又會往上稟報，想當然也傳進了領主夫婦耳裡。」

「那又怎麼樣？我要像祖父大人那樣，不侍奉任何人就成為騎士團長。羅潔梅茵大人也理解了我的期望。」

聽完我的主張，舅父大人神色嚴峻地注視了我好一會兒，隨後嘴角扯出冷笑。

「能夠不侍奉任何人就成為騎士團長的，只有領主一族。只是上級貴族的你絕無可能，你還真是不自量力。」

「您胡說……羅潔梅茵大人她……」

「大小姐真的說過，你有辦法成為騎士團長嗎？難道不是只是表達肯定，說她理解了你的期望？」

剎那間，我全身的血液彷彿凍結。舅父大人說得沒錯，羅潔梅茵大人說的，只是「我明白你的主張了」。再仔細回想起來，她好像還說過類似「你很難成為騎士團長吧？」這種話。當時，我逕自解讀成她意指我的實力還不夠，但其實是在指我的身分嗎？

「你能成為騎士團長的機會，已經被自己給摧毀了。你就和當初擅闖白塔的韋菲利特大人沒有兩樣。快點認清自己的罪過就是無知。你那個父親除了誇耀自己是領主的旁系以外，沒有任何長才，顯然你也深受他的影響。但是，看在旁人眼裡，你們只不過是上級貴族。由於不能讓你出去丟人現眼，一族的人不會允許你去其他領地吧。所以你的未來，永遠只會是艾倫菲斯特裡的一介騎士。」

舅父大人的這一番話抹殺了我對未來的想像，眼看就要變作一片漆黑。為了守護自己的未來，我極力掙扎。既然沒有主人就當不了騎士團長，那我再找個人侍奉就好了。因為外祖母大人也都因應當下的情勢，一直以來換過不少主人啊。

「不可能，才不是舅父大人說的這樣。我還有機會成為騎士團長。只要像外祖母大

人那樣，改去侍奉其他人……」

「別開玩笑了。」

舅父大人目露兇光，在壓住我脖子的手臂上使力。感覺得出舅父大人是真的想殺了我，我屏住呼吸。

「母親大人是對艾倫菲斯特宣誓效忠的領主旁系，從來不曾依自己的意志決定要侍奉哪個主人，始終是聽從奧伯・艾倫菲斯特的指令，服侍不易找到近侍的領主一族。我不允許你侮辱她的生存之道。」

……這種事我從來不知道。不對，我確實聽過，卻沒有明白其中代表的意義。

我想說話卻發不出聲音，也沒有辦法呼吸。眼眶湧上淚水，腦筋開始變成一片空白，但舅父大人絲毫沒有鬆手。

「你再這麼愚蠢又不知悔改，下一次我會確實送你上路。」

舅父大人哼了一聲，在他鬆手的同時，我的意識也墜入黑暗。

韋菲利特視角・叔父大人的近侍

羅潔梅茵回到貴族院的那天，尤修塔斯也以托勞戈特新侍從的身分跟著前來。在尤修塔斯的分配下，在這之前始終沒有進展、讓人想抱頭吶喊的社交活動，全都交給了羅潔梅茵去處理，我則得以開始準備比較開心的領地對抗戰。光是這樣，我就給予尤修塔斯極高的評價。

在領地對抗戰的準備上，尤修塔斯也提供了豐富的建言。

以前叔父大人在採集原料的時候，還會把魔獸與魔樹這類魔物的弱點和攻略方式整理成資料。尤修塔斯不只抄寫了那些資料，還把叔父大人在迪塔上施展過的各種妙計也寫下來，交給見習騎士。

「團隊比賽時，重要的是必須有人負責從高處俯瞰戰局，下達指示；所有人也都要遵從這個人的指示。如果有人想單打獨鬥搶功勞，就算擬好了作戰計畫也沒意義。」

尤修塔斯一邊說著，一邊瞪向托勞戈特。托勞戈特是名見習騎士，不久前才辭去羅潔梅茵的護衛騎士一職。聽擔任我近侍的護衛騎士說，他在與戴肯弗爾格比迪塔的時候，違抗了羅潔梅茵的命令，完全不聽從主人的指示。不少人也曾在宿舍裡聽到過黎希達對他的怒吼，所以一般都認為他的請辭其實形同遭到解任。

托勞戈特是波尼法狄斯大人的孫子，在同齡的人當中實力很好，我也曾問過他要不要來當我的護衛騎士，卻被他拒絕了。他明明說過想當羅潔梅茵的護衛騎士，現在卻又自己請辭，老實說我相當意外。

先前羅潔梅茵返回領地以後，因戴肯弗爾格再次提出對戰要求，拒絕不了的我只好答應比賽。記得那時候，托勞戈特是第一個衝向敵人的人。見他一馬當先，我還覺得他很勇敢又充滿鬥志，但從尤修塔斯此刻的說明與眼神來看，托勞戈特那樣就是所謂的單打獨鬥吧。

據說上次是因為羅潔梅茵施展了妙計而獲勝，但這次並沒有什麼有效的戰略，主要戰力柯尼留斯與安潔莉卡又不在，所以戴肯弗爾格轉眼間就將艾倫菲斯特打得潰不成軍。看到洛飛老師一臉失望，戴肯弗爾格的見習騎士們還安慰他說：「等羅潔梅茵大人回來，再提出對戰要求就好了。」

……不要多嘴說那種話！

這場迪塔比賽結束後，托勞戈特便被召回艾倫菲斯特。

然後今天，雖然他與羅潔梅茵同一天返回宿舍，身邊的侍從卻變成了尤修塔斯，本人也顯得無精打采，肯定是因為辭去護衛騎士這件事，挨了親族一頓罵。說到托勞戈特的親族，我最先想到的就是波尼法狄斯大人。聽說他罵人的時候，曾經氣得揮拳揍人。

……真是幸好托勞戈特還平安活著。

另外，羅潔梅茵還說過，這次父親大人與叔父大人丟了很多文官方面的工作給尤修塔斯。既要照顧托勞戈特，又要處理文官的工作，我想應該忙得不可開交吧。但因為本是舍監的赫思爾老師實在靠不住，我只能來拜託他。

「尤修塔斯，赫思爾老師似乎打算在領地對抗戰上，發表有關圖書館那兩個大型蘇彌魯的研究成果，這麼做沒問題嗎？」

圖書館裡的大型蘇彌魯是從前王族的遺物。想到因他們而起的那些騷動，我不得不慎重行事。

在羅潔梅茵成為那兩隻蘇彌魯的主人時，其實要是能說出口，我很想說：「反正他們至今就算動不了，圖書館也能照常運作，妳還是放棄當他們的主人吧。」

但是，看到羅潔梅茵對圖書館那麼執著，索蘭芝老師又那麼高興，這種話我實在說不出口，就這麼放棄了這個最簡單、本能避免任何糾紛的方法。

……結果就是現在這樣。我所有的苦難，好像就是從那兩隻蘇彌魯開始的。

成為新一任的主人後，羅潔梅茵要負起責任為他們測量尺寸、製作新衣，結果赫思爾老師因此失控、與戴肯弗爾格起了爭執，演變成要比奪寶迪塔，最後羅潔梅茵更與王子有了交集。所以，這次我想謹慎一點。

聽了我的問題，尤修塔斯一邊思考，一邊慢慢撫著下巴。

「……我想應該沒有什麼大問題，但明天大小姐似乎要與王子會面，我會請她屆時問問王子。只要有了王子的許可，想必也能消除韋菲利特大人的不安吧。」

「嗯，那就拜託你了。」

令人不安的事情能少一件是一件。自從認識羅潔梅茵，這是我深刻的體會。凡事都先做好萬全準備是很重要的。雖然大多時候羅潔梅茵的行為都太過稀奇古怪，導致做再多準備也是白費工夫。

「今年領地對抗戰上，最手忙腳亂的大概會是見習侍從吧。」

「是嗎?但我聽說每年都是見習侍從的工作量最少,經常無所事事……」

「呵,真懷念啊。斐迪南大人入學那年,也有見習侍從說過一樣的話,事後卻留下了慘痛的經驗。」

尤修塔斯露出懷念的眼神,瞇起雙眼淡淡微笑。

「……慘痛的經驗?叔父大人究竟做了什麼?」

「斐迪南大人只是老樣子,一派若無其事地取得了最優秀的成績。」

聽說叔父大人進入貴族院就讀那年,父親大人正好是最終學年,同時有兩名領主候補生在學。父親大人十分擅長活絡氣氛,讓大家鼓起幹勁,順便分配工作;叔父大人則擅長檢查準備工作實際上進行得如何,以及有無缺失。兩人可以說是合作無間。

「由於斐迪南大人的表現太過優秀,齊爾維斯特大人又為了邀請芙蘿洛翠亞大人卯足了勁……在各種因素的作用下,那年艾倫菲斯特的領地對抗戰出現了空前的盛況。」

尤修塔斯說完,表情沉了下來。

「那年賓客的人數暴增得超出預期,光靠艾倫菲斯特的見習侍從根本應付不來。」

「唔?」

他說現場陷入一片混亂,還得出動跟著學生來到貴族院的侍從們幫忙,但茶水與點心的數量根本不夠,結果見習侍從們在領地對抗戰上的表現因而得到最低評價。

「今年同時有韋菲利特大人與羅潔梅茵大人在貴族院就讀,又推廣了新流行,引來上位領地的矚目,還與王子有所交集,可以想見現場情況會比那年還混亂吧。」

聞言，見習侍從們的臉色不變。

「我認為今年的茶水與點心至少得準備原先預計的三倍，還得勞煩學生們帶來的侍從在旁待命，以備隨時能夠上場幫忙。」

「……準備原本的三倍嗎？」

有這個必要嗎？見習侍從們一臉狐疑，尤修塔斯聳聳肩說了：「至於是否要採納我的建議，就靠韋菲利特大人的判斷了。」我來回看著雙方，思考了一會兒。

「就照尤修塔斯說的去做吧。只要想想羅潔梅茵不在的這段期間有多混亂，就能知道過往的經驗在今年完全派不上用場。還是聽從過來人的忠告吧。」

見習侍從們的表情變得嚴肅，重新開始討論，並向前輩尤修塔斯尋求意見。

雖說叔父大人的近侍如此可靠，但到了隔天我才知道，尤修塔斯竟然會喜孜孜地扮成女裝，還代替黎希達暫任羅潔梅茵的侍從，在貴族院裡頭四處走動。沒過多久時間，大家都對托勞戈特投以同情的眼光，因為指派給他的侍從正是這個怪人。

不管是尤修塔斯，還是羅潔梅茵，叔父大人說不定是喜歡網羅具有能力的怪人。他的喜好還真奇怪。

……對喔，因為叔父大人也是怪人嗎？

我拍向掌心。瞬間，後頸沒來由地一陣發涼。

漢娜蘿蕾視角・

艾倫菲斯特的茶會

艾倫菲斯特即將舉辦大規模的茶會，邀請所有領地的各一名學生參加。由於艾倫菲斯特有女性領主候補生在，無法由上級貴族邀請他領的領主候補生舉辦茶會吧。雖說韋菲利特大人也能主辦茶會，但我想他光是男性的社交活動就很忙碌了。因此羅潔梅茵大人一回到貴族院，我們便收到了來自艾倫菲斯特的邀請函。

「真是教人火大，那個自稱聖女的丫頭可是拒絕了戴肯弗爾格的要求喔。漢娜蘿蕾，妳也沒必要參加茶會。」

哥哥大人告訴我，艾倫菲斯特至今即使舉辦茶會，也只有排名靠中及靠後的領地會參加，所以戴肯弗爾格這次也不必出席。但是，我認為這場茶會正是時之女神德蕾梵庫亞的指引。先前我一直與羅潔梅茵大人錯過，這肯定是時之女神終於賜給了我可以賠罪的機會。

「不，哥哥大人。我想趁著這個機會，正式與羅潔梅茵大人結識。」

我堅持表示自己想要參加，哥哥大人只好一臉無奈地同意我出席。但是有個條件，我得帶著他的近侍肯特普斯一同前往。

……儘管嘴上抱怨連連，但哥哥大人其實對艾倫菲斯特在意得不得了嗎？

我接受了哥哥大人的條件。因為能夠參加茶會更重要。

「漢娜蘿蕾大人、漢娜蘿蕾大人，等妳到了茶會，請務必再次向羅潔梅茵大人提出迪塔的對戰要求。」

還想再比迪塔的洛飛老師仍不死心，目光充滿懇求地望著我說。我皺起眉頭。

「羅潔梅茵大人不是已經透過舍監赫思爾老師正式回絕了嗎？」

得知羅潔梅茵大人返回貴族院，洛飛老師立即提出再戰要求，被赫思爾老師以再正當不過的理由拒絕了。她說：「先前的迪塔是因為關係到圖書館的蘇彌魯，羅潔梅茵大人才以主人的身分，接受戴肯弗爾格的挑戰。但是，羅潔梅茵大人既非見習騎士，還是沒有參賽資格的一年級生，所以恕不回應再戰要求。」洛飛老師成天對此咳聲嘆氣，但赫思爾老師的主張確實十分合理。

「見習文官們告訴過我，羅潔梅茵大人因為離開了很長一段時間，現在正忙著參加社交活動，應該完全沒有時間比迪塔吧。」

我曾去信詢問過艾倫菲斯特，現在是否方便舉辦私人的茶會？但是被拒絕了。對方表示，因為已經接到亞納索塔瓊斯王子與庫拉森博克的艾格蘭緹娜大人的邀請，無法再受邀參加更多茶會。

似乎也有不少他領的人，都想與今年推出最多新流行的羅潔梅茵大人建立交情，但根據見習文官的報告，聽說艾倫菲斯特悉數回絕了，並且表示道：「不久之後艾倫菲斯特將主辦一場茶會，還請參加這場茶會吧。」那麼就算私人的茶會邀請遭到拒絕，應該並不代表羅潔梅茵大人討厭我吧。

「哥哥大人，那我去參加茶會了。」

「漢娜蘿蕾，對方不曉得會使出什麼手段，雖說只是參加茶會，但妳絕對不能鬆懈大意。柯朵拉、肯特普斯，你們也要提高警覺。」

據哥哥大人的見習文官肯特普斯所言，哥哥大人其實相當愛操心。由於艾倫菲斯特在邀請函上註明：「由於要邀請所有領地，懇請各領派出一人出席即可。」他說哥哥大人想了很久，一直在思考有沒有辦法能兩人一起參加。

「但我並不覺得羅潔梅茵大人很危險呀……」

雖然只在課堂上瞥過幾眼，也都是聽韋菲利特大人的轉述，但我不認為羅潔梅茵大人是哥哥大人口中那種心思惡毒的人。戴肯弗爾格的見習騎士們也都對她稱讚有加：「羅潔梅茵大人想出的妙計正好能夠彌補己方的缺點；事後儘管贏得了比賽，也完全不驕矜自滿。她甚至至能夠冷靜分析己方的弱點與對手的優點。」

……戴肯弗爾格本來就是一塊重視個人實力的土地。只希望羅潔梅茵大人不會因為洛飛老師再三提出的對戰要求，對我們留下不好的印象。

我在第三鐘響的同時離開宿舍，盡可能加快腳步，但又小心著別太過心急，前往艾倫菲斯特的茶會室。

來到牌子上寫有號碼十三的大門前，柯朵拉觸碰門上的魔石，再輕輕搖響告知訪客到來的鈴鐺。大門緩緩打開，出來迎接我的是韋菲利特大人。

「漢娜蘿蕾大人，歡迎您大駕光臨。」

「韋菲利特大人，非常感謝您的邀請。我真的非常期待今天的茶會呢。」

明明我盡量早到了，卻看見蒂緹琳朵大人這時已經落座，而羅潔梅茵大人正與法雷培爾塔克的盧第格大人在說話。

「但我是養女，盧第格大人仍認為我是您的表妹嗎？」

「我很希望能保有友好的往來呢。」

……居然這麼輕易就能與羅潔梅茵大人對話，我真是太羨慕盧第格大人了。

「羅潔梅茵大人……似乎很忙呢，那麼我稍後再向她問候吧。」

想到自己進來的時機又這麼不湊巧，我悄悄嘆氣。

我在韋菲利特大人的帶領下就座，蒂緹琳朵大人隨即朝我投來微笑。蒂緹琳朵大人是大領地亞倫斯伯罕的領主候補生，與藍斯特勞德哥哥大人同年，所以我今年也受邀參加過幾次她的茶會。

她比我年長，有著令人印象深刻的蓬鬆金髮與深綠色眼珠，容貌美豔動人，聽說正苦惱於找不到能入贅亞倫斯伯罕、年紀與魔力又相當的結婚對象。

……得以下任領主為目標的人還真辛苦呢。

我自己從未想過要成為戴肯弗爾格的領主，應該會嫁往能對哥哥大人有幫助的領地吧。父親大人他們還曾討論過，依我這麼沒運氣又沒自信，恐怕很難嫁給王族。但是坦白說，我反倒有些鬆了口氣。

與蒂緹琳朵大人稍微閒聊幾句的時候，賓客陸續到來，庫拉森博克的艾格蘭緹娜大人也到了。

「羅潔梅茵大人，很高興妳邀請我們前來參加茶會。今天一定要趁這個機會向妳介紹我的朋友。」

艾格蘭緹娜大人與羅潔梅茵大人都面帶著親暱的笑容，互道寒暄。我定定地看著羅潔梅茵大人被介紹給艾格蘭緹娜大人的朋友，再被一群比她年長的女學生包圍。都已經與庫拉森博克的艾格蘭緹娜大人有往來了，羅潔梅茵大人說不定不願與我當好朋友。

先前的政變，雖說庫拉森博克與戴肯弗爾格同樣都跟隨第五王子，但因為庫拉森博克那邊有原為公主的艾格蘭緹娜大人，所以比較受到王族重用，兩領地間的關係也因此有些緊張。

……但艾倫菲斯特的立場中立，所以我還是有希望。韋菲利特大人對我既沒有表現出忌憚，與亞倫斯伯罕的交情似乎也很好，想必不用擔心吧。

但是想到這裡，我忽然驚覺。既然艾倫菲斯特的立場中立，那說不定與庫拉森博克及其友好領地的往來應對，都是由羅潔梅茵大人負責；至於與戴肯弗爾格以及亞倫斯伯罕的往來應對，則是由韋菲利特大人負責。

……我的運氣怎麼會這麼不好呢。

我差點要垂下腦袋，但急忙挺直了背。絕不能在茶會上表現出垂頭喪氣的樣子。

「柯朵拉，我想離席一會兒。」

我以要去洗手間為藉口，暫時離席。然後，我待在隱密的空間裡垂著腦袋，長長嘆一口氣。

……不可以意志消沉，茶會才剛開始而已。

戴肯弗爾格也可以效仿艾倫菲斯特，與亞倫斯伯罕這些領地的往來應酬就一如往常交給哥哥大人，我則負責與艾倫菲斯特這類的中立領地往來就好了。

……而且我已經下定決心，今天一定要向羅潔梅茵大人說聲抱歉。

我重新打起精神，回到位置上時，瞧見羅潔梅茵大人正拿著小瓶子分給朋友。回座的同時，並未陪同我們前往洗手間、在原地觀察茶會情況的肯特普斯，立即附到柯朵拉耳邊悄聲說了些什麼，只見柯朵拉用力閉上眼睛。

「怎麼了嗎？」

「似乎是時機有些不太湊巧。肯特普斯告訴我，在大小姐離席的這段期間，羅潔梅茵大人曾想過來與您打聲招呼。」

……時之女神德蕾梵庫亞是不是一點也不想理睬我呢？

好不容易重新振作起來的精神，好像又要萎靡不振。

「羅潔梅茵大人，那是什麼呢？有股很怡人的香味呢。」

「這個叫作絲髮精，可以用來令頭髮產生光澤。由於數量有限，這次先只分送給我的朋友們。」

「哎呀，妳不分送給韋菲利特大人的朋友嗎？明明同樣都是艾倫菲斯特的領主候補生……」

蒂緹琳朵大人睜大眼眸，看向韋菲利特大人。在眾人的注視之下，韋菲利特大人輕笑著聳聳肩。

「因為想出絲髮精的人是羅潔梅茵。而且和女性不一樣，我對頭髮的光澤沒有什麼興趣，與美容有關的事物基本上都是交由羅潔梅茵處理。」

我曾聽韋菲利特大人說過，所以知道能讓頭髮產生光澤的絲髮精在艾倫菲斯特十分流行。透過學生們的談話，我也知道這項新流行是在羅潔梅茵大人的主導下傳開。可是，連想出絲髮精的人也是羅潔梅茵大人，這我還是初次耳聞。

……不只讀書與迪塔，羅潔梅茵大人甚至還發明了絲髮精嗎?!

我呆若木雞。為了保住大領地領主候補生的顏面，我總是拚了命地東遮西掩，羅潔梅茵大人卻與自己截然迥異。就在我茫然自失的時候，蒂緹琳朵大人開始央求羅潔梅茵大人將絲髮精分給她。

「羅潔梅茵大人，那妳應該願意分送給我吧？」

「真是的，蒂緹琳朵大人。方才羅潔梅茵大人不是說了嗎？她今天只能先送給自己的朋友。從妳目前為止的言行，感覺不出是在對待朋友呢。」

艾格蘭緹娜大人面帶溫柔微笑，語帶指責地這麼說，袒護正不知所措地眨著眼睛的羅潔梅茵大人。已經拿到絲髮精的朋友們，也點了下頭表示同意。看來在我離席的這段期間，蒂緹琳朵大人曾有過不像是在對待朋友的言行。

緊接著蒂緹琳朵大人開始辯解，訴說羅潔梅茵大人是自己重要的表妹。

「我完全不曉得，原來蒂緹琳朵大人視我為重要的表妹呢。身為表姊妹，今後還望您多多關照。」

羅潔梅茵大人盈盈一笑，遞出裝有絲髮精的小瓶子，蒂緹琳朵大人接過後綻開欣喜的笑容。明顯可以看出是羅潔梅茵大人做了讓步，我為她進退得宜的應對感到佩服。

蒂緹琳朵大人分到了絲髮精後，周遭的女孩子們也爭相上前索取。

「漢娜蘿蕾大人，您不需要嗎？」

「……我並不想要絲髮精，而是想與羅潔梅茵大人成為好朋友。等絲髮精這個話題告一段落，我再過去打招呼。」

我不想被羅潔梅茵大人以為自己的目標是絲髮精，所以一直等著這個話題結束。要是在拿了絲髮精之後，再針對哥哥大人的言行道歉，對方一定不會覺得我是真心的。

隨後，話題又從艾格蘭緹娜大人的髮飾跳到了畢業儀式。我心想這正是好機會，走向羅潔梅茵大人。

……時之女神德蕾梵庫亞啊，請賜予我祢的庇佑。

我在胸前緊握雙手，先是做了一個深呼吸，然後張口呼喚羅潔梅茵大人。

「不好意思，羅潔梅茵大人……」

「漢娜蘿蕾大人。」

「我有話想告訴羅潔梅茵大人……」

我注視著由侍從扶下椅子的羅潔梅茵大人，雖是理所當然，但我此刻才發現她比自己還矮一些。別人常說我比同齡的人要矮，這還是我首次遇到比自己要嬌小的同年級生。

我本來還擔心經過哥哥大人與迪塔那些事情後，羅潔梅茵大人可能會討厭戴肯弗爾格，但她仰頭看著我，露出了開心的笑容，讓我有些放下心來。

……我要為哥哥大人的行為道歉，然後請她和我當朋友……

我在交握的雙手上使力，準備開口。但是就在同時，羅潔梅茵大人也張口說了：

「我也一直在想要正式與您打聲招呼，總覺得今天老是與漢娜蘿蕾大人錯過呢。」

……我差點要連聲招呼也沒打，就直接向羅潔梅茵大人道歉了！

儘管慶幸自己沒真的做出這種讓人想抱頭吶喊的失禮之舉，但看著應答如此得體的羅潔梅茵大人，我不禁覺得自己實在不配當個領主候補生，好想跑回房間躲起來。我在心裡頭大受打擊，但表面上還是強打精神，正式道了寒暄。然而，羅潔梅茵大人看著我的臉上卻流露出了擔心。

……難不成是我其實徹底忘了要寒暄這件事，被羅潔梅茵大人看出來了？

我是不是做錯了什麼事情呢？我不安地張望四周。只見眾人都朝我們投來充滿好奇的眼光，想知道接下來會有什麼發展，我不由得臉色發白。

在這麼多人的注視之下，我實在無法開口說明哥哥大人的失態，再向羅潔梅茵大人道歉。因為想道歉的人是我，哥哥大人並無意正式前來謝罪，所以我必須私底下向羅潔梅茵大人道歉才行。

「我本來有話想告訴羅潔梅茵大人，是與哥哥大人有關的事情，但看來不應該在這種場合下說呢。還是留到下一次吧。」

……我真的能順利道歉嗎？

反正關於哥哥大人的行為，以後只要說句「那時候真是抱歉」就可以了吧。我一定要與羅潔梅茵大人成為朋友。

……她會爽快答應，與我成為朋友嗎？

我一顆心七上八下，向羅潔梅茵大人提出請求。

「不光是這樣，那個，我也希望能與您成為朋友……」

「漢娜蘿蕾大人，實在萬分抱歉，絲髮精的試用品已經發完了。」

「……咦？」

意想不到的回答讓我直眨眼睛。羅潔梅茵大人一臉為難至極的樣子，倉皇無措地看向自己的侍從們。

……結果我現在這句話，等同是在提出強人所難的要求，要羅潔梅茵大人拿出早已發完的東西給我！但我並不是這個意思，怎麼辦？我只是想與羅潔梅茵大人變得親近一點而已呀……

明明還心想著不想被羅潔梅茵大人以為我的目標是絲髮精，如今卻造成了反效果。我再也克制不住地微微低下頭，緩慢搖了好幾次頭說：「不是的。」

「羅潔梅茵大人，索蘭芝老師告訴過我，漢娜蘿蕾大人經常拜訪圖書館。作為友誼的見證，不如借本大小姐的書給她如何呢？」

一道溫柔的話聲忽然響起，我驚訝地抬起頭來，發現是羅潔梅茵大人的侍從在向她這麼提議。

「哎呀！漢娜蘿蕾大人喜歡看書嗎？」

羅潔梅茵大人臉上的為難瞬間徹底消失，轉而露出燦笑，仰頭朝我看來。這種時候，我實在說不出口「其實我去圖書館，只是為了看看蘇彌魯與尋找羅潔梅茵大人，並非特別喜歡看書」。

「……嗯、嗯，是啊。我並不討厭。」

我如此回答後，羅潔梅茵大人更是高興得臉頰泛起紅暈，金色雙眸還晶燦發亮。從表情就看得出來羅潔梅茵大人有多麼愛書。

「漢娜蘿蕾大人，我有好幾本騎士故事集，您比較喜歡以戰鬥為主的呢？還是以戀愛為主的呢？既然是戴肯弗爾格的領主候補生，果然比較喜歡著重描寫戰鬥的故事嗎？」

……兩者我都不太喜歡，但非要挑選不可的話，以戀愛為主的故事應該比較不會看得很痛苦吧。

「非要選擇的話，我更加喜歡以戀愛為主的故事。」

「那我近日內再請人送去給您。能結交到喜歡看書的朋友，我非常高興！」

看著比自己要嬌小的羅潔梅茵大人這麼說，還露出無比可愛的笑容，我有一點自己好像成了姊姊的感覺。

……雖然似乎被羅潔梅茵大人認定成是愛書的同伴，但至少也算成功與她變成朋友了。既然她要借我書籍，當作是友誼的見證，那我也應該回借給她一本書吧？

書本的價格非常高昂。既然願意出借書籍，代表羅潔梅茵大人對我十分信任。我也應該有所表示，回應她的信賴。

「對了，既然如此，那我也借您一本書作為回報吧。羅潔梅茵大人喜歡什麼樣的書籍呢？」

「只要是書，我都非常歡迎，但如果有在戴肯弗爾格裡流傳的騎士物語或者戀愛故事，我很希望有機會拜讀呢。」

羅潔梅茵大人思考了一會兒後這麼回答，臉上帶著彷彿要融化般的開心笑容。看得出來她真的很高興。因為此刻她臉上的笑容，遠比她在主持茶會時還要天真無邪，也更符合她現在的年紀。

「好，那我也會盡快請人送去。往後希望能與您多多往來，羅潔梅茵大人。」

我握住羅潔梅茵大人的小手，稍微用力捏了一下，羅潔梅茵大人也回握我的手。

「我也很希望能與您多多往來，漢娜蘿蕾大人……啊……」

羅潔梅茵大人笑著說到一半，冷不防當場倒下。

才剛剛握到手，羅潔梅茵大人就宛如斷了線的木偶般頹然倒地，我還不明白到底是怎麼回事，就跟著跌坐在地。

「……咦？呀、呀啊啊啊啊啊！」

「羅潔梅茵！」

「韋菲利特大人，請您留下來安撫眾人。我帶大小姐回房。」

羅潔梅茵大人的侍從一邊說著：「這是常有的事。」一邊抱起羅潔梅茵大人，轉身返回宿舍。

周遭一片譁然嘈雜，韋菲利特大人與艾倫菲斯特舍的學生們都在向眾人解釋：「羅潔梅茵大人本來就身體虛弱，容易暈倒。」

「是、是因為被我握了手嗎？」

「不是的，漢娜蘿蕾大人。羅潔梅茵是真的身體非常虛弱。」

「我沒想到事情會變成這樣……我真的只是想和羅潔梅茵大人當朋友而已……」

「這次真的不算什麼！我第一次見到她的時候還……」

韋菲利特大人跟我分享他在羅潔梅茵大人洗禮儀式當天，才剛牽起她的手往前跑，馬上就發生了可怕的慘劇；還有羅潔梅茵大人只是被幾個雪球砸中就暈倒，把在場騎士嚇得面無血色，然後不斷安慰我說「這是常有的事」。

但是，羅潔梅茵大人那無力軟倒的模樣，還是烙印在我腦海中揮之不去。當時她的小手還突然軟綿綿地往下滑落，直到現在我的掌心裡仍留有那種觸感。

後來，韋菲利特大人一路送我回到宿舍，還向洛飛老師說明在茶會上發生的事情，更針對讓我受到驚嚇一事道歉，隨後便回去了。

「什麼？肯特普斯，你說的是真的嗎？漢娜蘿蕾只是握了握手，就打倒那個聖女了？幹得好啊！漢娜蘿蕾，原來妳也有戴肯弗爾格的領主候補生該有的樣子嘛！」

「藍斯特勞德大人，請您不要曲解我的報告內容。」

「哥哥大人，肯特普斯說得沒錯。」

肯特普斯明明只是平鋪直敘地報告真實情況，哥哥大人到底是怎麼聽的，才能曲解成這樣的意思呢？看到我生氣，哥哥大人還是不以為意，一口咬定說我打倒了聖女，完全不管我有多麼擔心羅潔梅茵大人，真相又是如何。韋菲利特大人為了安慰我，甚至和我分享了他的失敗經驗，哥哥大人卻和他完全不一樣。

……我真希望哥哥大人與韋菲利特大人能夠交換過來！

奧爾特溫視角・多雷凡赫的姊弟

「奧爾特溫大人，阿道芬妮大人找您。」

我看著前來傳遞消息的見習文官，皺起臉龐。大概早就料到我會露出不高興的表情，見習文官挑眉苦笑。

「……這麼快？」

「其他領主候補生也差不多。因為早在交流會開始前，就已經在搶奪會議室了。」

交流會結束後，才剛回到宿舍，姊姊大人便要我過去找她。雖說是同胞姊弟，但宿舍規定男女不得進入異性的房間，因此她指定的地點是宿舍裡的某間會議室。我想異母兄妹與養子們恐怕也和我們一樣，正把同胞的兄弟姊妹和自己的近侍聚集起來，討論著今年在貴族院要做哪些事情。

……宿舍裡的氣氛怎麼好像還比在城堡更殺氣騰騰。

比起他領，多雷凡赫的領主候補生人數相當眾多。這是因為貴族孩童在進入貴族院就讀前，只要證明確實魔力豐富、能力出眾，奧伯便會收為養子。也就是說，除了第一夫人、第二夫人、第三夫人的子女外，奧伯底下還有多名養子。必然地，孩子們都會向一起長大的同胞手足尋求合作。

……平均一個年級至少有一名領主候補生，人數真的很多。參加交流會時，看到他領的領主候補生那麼少，我還嚇了一跳。

由於好不容易站上有望成為下任奧伯的位置，即便是養子，幾乎所有領主候補生都以下任奧伯為目標。但是候補人選這麼多，若想被認可為下任奧伯，勢必得做出實績。因此，很多領主候補生都勤勉向學，也會把心力投注在研究上，嘗試發明新的魔導具。身旁的近侍又會跟隨主人的腳步，領地整體的成績因而提升。如今別人都說，多雷凡赫最強的武器就是我們的智慧。

……我如果想得到最優秀表彰，競爭對手應該就是戴肯弗爾格的領主候補生，漢娜蘿蕾大人吧。

大家都說在多雷凡赫，下任奧伯之位的競爭遠比他領還要激烈，但為何眼看競爭如此激烈，奧伯．多雷凡赫仍是接二連三地收養養子？

原因在於尤根施密特的教育方式。為了治理領地，領主候補生都得接受不同於一般貴族的特殊教育。而從前的領主認為，日後要成為基貝的人也應該接受同樣的教育。

所以多雷凡赫與他領不同，連基貝也不是世襲制。而是以領主候補生的身分接受過特殊教育的人，將成為基貝、得到土地。基貝若有子女被奧伯收養，在從貴族院畢業以後，那個孩子就能優先成為那片土地的基貝。但是，若沒有能力優秀到足以被奧伯收養的子嗣，基貝之位也就不能傳給下一代。

……這種做法真不知該說是嚴格，還是刻意要讓貴族保持警惕。

至少在多雷凡赫這塊領地，我們無法過著悠悠哉哉的生活。為了能夠自由自在地盡情研究，領主一族中甚至曾有人在從貴族院畢業後，特意讓上級貴族收養自己，進而成為中央貴族。

……也就是多雷凡赫的舍監賈鐸夫老師。

舍監賈鐸夫老師原是領主一族，還是奧伯的叔父。宿舍裡我不能違逆的對象，就只有賈鐸夫老師與姊姊大人。所以在接到姊姊大人的傳喚後，我開始不疾不徐地移動。

……話說回來，這種彷彿天生就深植在意識底層、覺得自己永遠也違抗不了姊姊大人的感覺，究竟是從何而來呢？

一走進會議室，我就看見姊姊大人撫著一頭波浪狀的酒紅色頭髮，眼神認真地在與近侍們討論事情，內心油然升起不祥的預感。透過現場的氣氛，我感受到了即將面臨難題的徵兆，巴不得馬上掉頭離開。

但是，我還是在原地站穩腳步。都已經被叫過來，還走進會議室了，萬一連聲招呼也沒打就走掉，屆時會有什麼下場？想也知道情況一定會變得更加麻煩。總之，我先試著用小聲到幾乎不會被聽見的音量喚道：

「姊姊大人，您找我有什麼事？」

要是沒聽見，我就直接回去了。儘管我如此心想，只可惜姊姊大人還是耳尖地聽到了。「你講話還真是老樣子，一點氣勢也沒有。」她一邊抱怨，一邊向我招手，琥珀色的雙眸閃耀著璀璨光輝。

「奧爾特溫，你也瞧見了吧？艾倫菲斯特那些人頭髮上的光澤，還有髮飾！這些今後一定會在貴族院裡流行起來，你不覺得嗎？」

對於艾倫菲斯特的女學生們是如何讓頭髮散發光澤，以及頭上那罕見的髮飾，姊姊大人似乎興致勃勃，卻引不起我的興趣。我頂多好奇那種能讓頭髮產生光澤的用品，究竟是用什麼東西做成，但沒有姊姊大人的那種執著與熱情。

討論回復藥水該怎麼改良還比較有意思……

我在心裡這麼反駁，但絕對不能說出口。因為要是讓姊姊大人知道了，她只會生氣地反脣相譏，而且毫不講理……是真的半點邏輯也沒有，就只是想找碴出氣。

「奧爾特溫，你可不能呆愣著什麼也不做唷。要是太過粗心大意，說不定連艾倫菲斯特的領主候補生也會追過你。你也知道，近年來艾倫菲斯特的學科成績一直在往上提升吧？」

「我輸給艾倫菲斯特嗎？不是戴肯弗爾格的領主候補生？」

姊姊大人笑著這麼調侃，但這個玩笑一點也不好笑。艾倫菲斯特是排名第十三的領地，就算出現了表現較為優異的領主候補生，我身為多雷凡赫的領主候補生，也不覺得自己會輸給他們。

「哎，你應該不至於輸給艾倫菲斯特的領主候補生吧。但是，面對戴肯弗爾格的漢娜蘿蕾大人，你各方面的表現都必須贏過她。既然你得向她求婚，萬一成績輸給了她，那未免太沒面子了嘛。」

「……啊？」

姊姊大人指著我這麼說完，我卻完全不知該作何反應。我雖然想過若想得到最優秀表彰，最大的競爭對手將是戴肯弗爾格的漢娜蘿蕾大人，但從來沒想過要向她求婚。這位姊姊大人為什麼突然說這種莫名其妙的話？

「因為漢娜蘿蕾大人是第一夫人的女兒，倘若可以順利與她結成夫妻，你應該就能成為下任奧伯吧。」

多雷凡赫是排名第三的領地，排名比我們要高的只有庫拉森博克與戴肯弗爾格；而艾格蘭緹娜大人已經確定要嫁給王族，不可能與我的任何一位異母兄長結婚。因此姊姊大人極力主張，我若想成為下任奧伯，對我最有幫助的新娘人選便是漢娜蘿蕾大人。

「但我覺得研究比較開心，並無意成為奧伯……」

姊姊大人又不是父親大人，怎麼能擅自為我決定結婚對象。我瞪向姊姊大人，她卻一臉詫異地連連眨眼。

「哎呀，但我已經確定要嫁給席格斯瓦德王子或亞納索塔瓊斯王子其中一人……而且還是不被艾格蘭緹娜大人選擇的那位王子喔？所以你若不成為下任奧伯，我會很傷腦筋的。嫁給王族以後，倘若當我後盾的奧伯．多雷凡赫是異母兄弟，實在很難讓人放心呢。我是真心希望你能成為奧伯唷。」

……要是成為奧伯以後，還得被這位姊姊大人牽著鼻子走，我才不要。

不只在領內，姊姊大人連在貴族院也受到眾人愛戴，覺得她性格認真、成績優秀，是非常值得信賴的高年級生。但其實她的內在與外表大相逕庭，三不五時就把弟弟當作近侍使喚。我多希望她能設身處地，為老是被她擺布的我著想一下。但是，對於姊姊大人比起異母兄妹，更想與本是同胞手足的我保有聯繫，我也不是不能明白她的心情。

「總之，今年艾倫菲斯特勢必備受矚目。同樣是一年級，他們那邊又有兩名領主候補生。奧爾特溫，你一定要好好蒐集情報唷。」

「姊姊大人，我當然也知道情報的重要性。」

……雖然我信誓旦旦地對姊姊大人這麼說了，但誰知道羅潔梅茵大人竟然沒過多久就返回了艾倫菲斯特。

上思達普課時，碰巧聽見韋菲利特大人與漢娜蘿蕾大人的對話，我只感到眼前一陣暈眩。明明帶來了那麼多新事物，每一樣又明顯能夠掀起熱潮，卻在上完課後就返回領地，怎麼可能有這種領主候補生。

……無論髮飾還是能讓頭髮散發光澤的產品，全是受到女性歡迎的新流行喔。為什麼羅潔梅茵大人卻回去了?!領主的養女若想成為下任奧伯，這是千載難逢的好機會吧?!她到底在想什麼?我在心裡急得跳腳。但是我也曾聽說過，有些領地與多雷凡赫不同，養子很難有機會成為下任奧伯。說不定明明是自己的功績，羅潔梅茵大人卻被要求得讓給奧伯的親生子韋菲利特大人。

……不對，如果真是這樣，她應該也會刻意在成績方面別表現得太過突出……慢著。記得我也曾經聽說，艾倫菲斯特的天才斐迪南大人，以前也是無意成為下任奧伯，卻數不清有多少次都搶走了最優秀表彰。

我想起賈鐸夫老師稱讚過的這號人物，當時還形容他是「不幸所孕育的孤高天才」。據說斐迪南大人儘管不斷創造出嶄新的魔導具，卻因為沒有母親，又遭到奧伯的第一夫人排擠，無法在領地裡頭過著安穩自在的生活，因而孕育出了這些才能。

……我現在的思緒太混亂了，冷靜點。

我該優先思考的事情，是如何取得艾倫菲斯特的情報。姊姊大人吩咐我的，是與艾倫菲斯特的領主候補生打好交情，並不是與羅潔梅茵大人有個人私交。艾倫菲斯特的領主候補生又不只一個人，還有韋菲利特大人。只要與他加深交流，獲取情報就好了吧。

包括術科在內，羅潔梅茵大人幾乎所有科目都在第一堂課就合格。雖然無法與她相比，但考慮到領地的排名，韋菲利特大人的表現也十分優秀。他不僅是魔力操控課上第一個合格的人，也推動了他領學生容易接受，像是在思達普上加入徽章的新流行。

……因為羅潔梅茵大人構思的乘坐型騎獸固然極具新意，卻得使用大量魔力，不是每個人都變得出來。

如果想要加深交流，比起羅潔梅茵大人，韋菲利特大人應該更好相處吧。

「……所以就是這樣，現在我在課堂上經常與韋菲利特大人交談，關係變得比較親近了，但暫時很難邀請到羅潔梅茵大人參加姊姊大人的茶會。」

這天被叫到會議室的我，向姊姊大人報告了我在課堂上聽到的消息，以及自己有意與韋菲利特大人深交的想法，她聽完卻輕輕搖頭。

「奧爾特溫，你呀……既然要結交，怎麼會是找上韋菲利特大人，應該與羅潔梅茵大人結為朋友才對吧。她儘管在尤列汾藥水中泡了兩年，卻仍能創造出那麼多新流行，還是一年級生中肯定會得到最優秀表彰的才女唷。」

「嗯，果然羅潔梅茵大人是最有力的人選嗎？」

「奧爾特溫，你一點也不驚訝嗎？剛才賈鐸夫老師告訴我時，我可是十分吃驚呢……」

姊姊大人看向我，訝異地眨著琥珀色眼睛，但我當然不可能為此感到吃驚。如果聽到我是最有機會得到最優秀表彰的人選，那我才驚訝。天才的愛徒果然也是天才嗎？面對各種課題，羅潔梅茵大人給的都不是大家至今學到的或者老師想聽的答案，而是她自己想出來的解答。而且總是一副理所當然的樣子，但對於老師或體制又無反對之意。

「既然你也認同羅潔梅茵大人十分優秀，那事情就好辦了呢。若想迎娶艾倫菲斯特的女性領主候補生，我想應該不會太困難吧。不論你是要成為奧伯，還是專心做自己的研究，她都是十分有意思的對象吧？」

……有意思嗎？單從觀察的角度來看，會覺得她很有意思嗎？

聽到姊姊大人這麼說，我歪過頭。無論哪一方面，羅潔梅茵大人都異於常人。我也不知道該怎麼形容比較貼切，但總覺得她站著的地方、注視著的方向，都和我們不一樣。在我看來，我完全無法理解羅潔梅茵大人在想什麼、為什麼會做出那種舉動。大概是因為這樣，比起有意思，我更覺得羅潔梅茵大人讓人有些發毛。

「今年因為她很快便返回領地，我完全沒有機會與她私下交談，明年我會設法與羅潔梅茵大人說上話。」

……假如我想的話。

「韋菲利特大人似乎已經出席過幾場茶會了，但大多都是戴肯弗爾格或亞倫斯伯罕舉辦的茶會吧？看來會有好一陣子蒐集不到有用的情報呢。」

韋菲利特大人近來出席的，全是戴肯弗爾格、亞倫斯伯罕及其友好領地所舉辦的茶會，而這些領地都與多雷凡赫沒什麼交情，因此姊姊大人無法參加。

「既然你在課堂上與韋菲利特大人變得比較親近，可以邀請他與多雷凡赫一起舉辦茶會呀……」

「但開口邀請的人是我，總不能一開始就邀他舉辦茶會吧？我昨天才聲明這次是男性的社交活動，邀請了他下加芬納棋。我聚集了一年級的男性領主候補生，名義上說是為了在社交週到來前，慢慢習慣社交活動……韋菲利特大人已經回覆他會出席了。由於一年級的男性領主候補生總共只有四人，姊姊大人也要一起參加嗎？」

加芬納棋就好比是盤上迪塔，所以經常出現在男性的社交活動上，但也有不少女性領主候補生相當精通。因為若要成為下任奧伯，也需要透過加芬納來了解領地該如何防禦，亦有助於理解騎士團的戰略報告。附帶一提，我每次都輸給姊姊大人。難不成性格越惡劣的人，下起加芬納棋就越強嗎？

「……我就不參加了。男士們每次一比起加芬納，就會全神貫注在對戰上，忘了要交換情報，去了也只是浪費時間。更何況，對象都是一年級生吧？萬一與身為女性的我對戰後卻慘敗，可能會讓男士的自尊心受創。我可不想見到這種情形發生。」

……姊姊大人居然也會顧及男性的自尊心嗎？我還是第一次聽說。

「我會繼續與艾格蘭緹娜大人舉辦茶會，這對我比較有幫助。」

「嗯，聽說羅潔梅茵大人在回去之前，與艾格蘭緹娜大人舉辦過茶會，從那邊打探情報可能還比較快。」

我說出自己從文官聽來的消息，姊姊大人一臉早就知情地點點頭，補充又說：

「艾格蘭緹娜大人還說過，儘管羅潔梅茵大人很快便返回領地，卻與亞納索塔瓊斯王子也有深交呢。」

「是嗎？這我倒是不知道。這麼說來，她與戴肯弗爾格之間似乎也發生了一些事情。漢娜蘿蕾大人說過類似的話。」

聽到姊姊大人說出我不曉得的王族情報，我不禁被激起對抗意識，也說出了來自戴肯弗爾格的情報。瞬間，姊姊大人的琥珀色雙眼泛起利光。

「……奧爾特溫，明明王族、庫拉森博克，甚至連戴肯弗爾格都與羅潔梅茵大人有所交集，為什麼多雷凡赫卻與她半點交流也沒有呢？」

……這是我的錯嗎?!

姊姊大人的嗓音變得凌厲，指尖還不耐地把玩自己的頭髮，這些都讓我嚇得冷汗直流，背脊陣陣發寒。糟糕，這下子非常糟糕。萬一這時再脫口說出真心話：「可是亞納索塔瓊斯王子與艾格蘭緹娜大人明明年級不同，還是能與羅潔梅茵大人往來交流，那會不會是姊姊大人還不夠努力？」我的下場肯定淒慘無比。

「我會向韋菲利特大人提議，請他與奧伯商量看看，能否讓羅潔梅茵大人盡早返回貴族院。等羅潔梅茵大人一回來，再邀請她與多雷凡赫一同舉辦茶會。」

屆時我與韋菲利特大人就下加芬納棋，姊姊大人則與羅潔梅茵大人一起討論有關流行的話題——我這麼提議後，姊姊大人思索了片刻，無可奈何地頷首。

「聽說與艾倫菲斯特舉辦茶會時，他們還會端出前所未見的點心。即便是男性的社交活動，應該也能打聽到詳細的消息，或是取得實物吧？」

「知道了。我也會建議韋菲利特大人，請他在出席聚會時帶點心過來。」

其實當時我是為了緩和姊姊大人的怒火才那麼說，但也幸好成功地請韋菲利特在出席聚會時帶來艾倫菲斯特的磅蛋糕。由於事前已吩咐過侍從，他們幫忙保留了要給姊姊大人的那一份。隨後我請姊姊大人前來會議室，辦起小型茶會。姊姊大人先是從各個角度仔細端詳磅蛋糕，然後拿起刀叉。

「外觀真是樸素呢。」

「韋菲利特告訴我，出席女性的茶會時，他還會帶奶油、蜂蜜和水果之類的配料過去，讓大家依自己的喜好搭配享用。」

「阿道芬妮大人，蜂蜜與奶油我們可以立即準備……」

姊姊大人的侍從機靈地開口表示。「嗯，那就麻煩了。」姊姊大人輕輕點頭，麻煩他們去做準備。

「但是話說回來，只比了一次加芬納棋，你與韋菲利特大人的感情就好到可以不用敬稱，直呼其名了呢。」

在侍從準備著奶油與蜂蜜，並裝飾在盤子上的時候，姊姊大人問起我是如何與韋菲利特變得這麼親近。但是，實在很難坦白說出是因為聽到韋菲利特抱怨，說他厭煩了參加女性的茶會，我因此產生共鳴，與他成了好朋友。

「因為下加芬納棋能贏別人，我太高興了。而且不只韋菲利特，我也與高斯博第的康拉汀以及藍登塔爾的達威特變成了好朋友。」

每次比加芬納棋我都輸給姊姊大人，但只要步步小心，就能擊敗韋菲利特，對上達威特更是壓倒性勝利。只不過，康拉汀讓我覺得難以捉摸。雖然贏了，卻也有種他是故意讓給我的感覺。可能因為他是第三夫人的孩子，行事低調又周全。

「你一定要仔細觀察，看對方是不是有意讓你。」

姊姊大人這麼叮嚀我時，擺盤變得精美的點心也端上桌了。姊姊大人立即吃了一口磅蛋糕。

「哎呀，變得好奢華呢。至於味道……這還真是美味。比起亞倫斯伯罕的砂糖點心，我更喜歡這個。」

「韋菲利特說羅潔梅茵大人熱愛美食，都會吩咐自己的專屬廚師研發各種新食譜。這款磅蛋糕叫作原味，是最基本的口味，其他好像還有幾種不同的口味。」

「……還有其他幾種不同的口味嗎？」

姊姊大人一臉難以理解，直勾勾望著盤子上的磅蛋糕。

「奧爾特溫，羅潔梅茵大人何時才會回來呢？韋菲利特大人怎麼說？」

「他說羅潔梅茵大人何時能夠回來，全由奧伯與監護人決定。韋菲利特還說如果聽得進他的意見，應該早就回來了……事實上，他現在也在等著羅潔梅茵大人回來。」

韋菲利特自己似乎也收到了各種邀約，女性們為了取得髮飾這些物品的相關情報，都希望他能舉辦茶會。有這麼多女性爭相邀請，我一點也不羨慕，只是深感同情。明明是專為女性推出的新流行，本該由女性領主候補生來推廣，如今身為男性的韋菲利特卻得獨自一人奮鬥，想必感到心力交瘁吧。

「奧伯．艾倫菲斯特他們究竟在想什麼呢？新流行若不趁著眾人感興趣的時候進行推廣，那還有什麼意義呢？如果有意推廣流行，就應該盡早讓羅潔梅茵大人返回貴族院，再不然就是韋菲利特大人應該更積極地出席女性茶會……」

「我會說明這是上位領地提出的忠告，將姊姊大人的意見轉達給韋菲利特。或許奧伯．艾倫菲斯特也會因此稍微改變主意。」

我對姊姊大人這麼說的同時，也想起韋菲利特說過的話。雖然他嘴上說著希望羅潔梅茵大人能回來，但表情看來又不是由衷歡迎。

「羅潔梅茵不回來我很頭疼，但她回來了大概又會是一片混亂。我也能明白父親大人的考量。」

當時韋菲利特看著遠方這麼說道。雖然不明白他在說什麼，但似乎是羅潔梅茵大人接二連三地做出了從外表難以想像的奇怪之舉。看見韋菲利特扳起手指，數著她在課堂上惹出了多少麻煩，我打了個冷顫。他還特別說了是「在課堂上做的事情」。由此可知課堂之外，羅潔梅茵大人同樣有許多奇奇怪怪的舉動。

……要我把羅潔梅茵大人列為結婚的考慮對象，這絕對不可能。

我才不想娶一個可能比姊姊大人還麻煩的對象。我老早就將羅潔梅茵大人從候補人選中剔除，絕不考慮與她結婚。

隨著領地對抗戰即將到來，代表社交週也進入了尾聲。就在大家不再熱中於社交活動，開始把心力都投注在領地對抗戰的準備上時，姊姊大人找我過去。走進會議室後，發現近侍皆被屏退，我倒吸了口氣。因為談話時極少出現這樣的情況。上一次家人間也曾同樣屏退所有近侍，並在私底下宣布，已經談定姊姊大人將與王族結婚。我想起那個時候，姊姊大人哭了。

「如果需要多雷凡赫的女性領主候補生與王族聯姻，大可以選擇其他人呀。」

「之所以選擇妳，是因為妳是第一夫人的女兒，阿道芬妮。妳能明白的吧？」

「我明白。我當然明白自己的出身有多麼重要，也因此完全沒有人考慮過我的努力與期望……」

不是靠自己的實力爭取得來，而是考量到領地的排名與出身，還有年紀是否相當便決定婚約，姊姊大人並不喜歡這樣。因為她原本的目標是成為下任奧伯，而不是王族的未婚妻。而且，雖然已經談定要與王子結婚，卻沒有決定好是哪位王子——因為庫拉森博克的艾格蘭緹娜大人選擇的人將成為下任國王，未被選擇的那位王子則將成為姊姊大人的結婚對象。這實在有夠荒唐可笑。

然而，姊姊大人只能接受。政治聯姻就是這樣。王族與多雷凡赫需要這樁聯姻來聯繫雙方的關係，相互獲取利益，而奧伯．多雷凡赫一旦做出決定，姊姊大人也無法違抗。

……就是在那之後，姊姊大人才開始要我成為下任奧伯。

艾格蘭緹娜大人在政變中家人遭到暗殺之前，似乎原是公主。聽說前任奧伯．庫拉森博克當時會支持現在的國王也是為了報仇，還有為了讓艾格蘭緹娜大人變回王族。

姊姊大人說過，艾格蘭緹娜大人因為家人雖曾一度獲勝，之後卻慘遭餘黨暗殺，這樣的經歷讓她十分討厭紛爭。所以姊姊大人認為，艾格蘭緹娜大人多半會選擇哥哥席格斯瓦德王子成為國王。亞納索塔瓊斯王子對艾格蘭緹娜大人一片痴心雖是眾人周知的事實，但若選擇他成為下任國王，勢必將掀起紛爭。姊姊大人還一臉像是看開了地說，自己應該會與愛慕艾格蘭緹娜大人的亞納索塔瓊斯王子締結婚約吧。

……這次到底又發生了什麼事情？

「姊姊大人……？」

我出聲喚道，姊姊大人緊抿著唇，表情僵硬地遞來防止竊聽用的魔導具。她以前從來不曾不說一句話就遞來魔導具，我內心升起隱晦模糊的不安，更是感到緊張，伸手接了過來。

「艾格蘭緹娜大人的對象，已經決定是亞納索塔瓊斯王子了。今天在茶會上，她私底下告訴了我們這件事。」

「亞納索塔瓊斯王子嗎？那麼，這代表亞納索塔瓊斯王子將成為下任國王嗎？真難得姊姊大人的預測會落空……」

「不，下任國王會是席格斯瓦德王子。聽說亞納索塔瓊斯王子為了向艾格蘭緹娜大人證明自己是真心愛她，不是為了王座，主動退出了王位之爭。」

「……啊？」

簡直莫名其妙。讓王族血緣最濃厚的艾格蘭緹娜大人生下繼承人，才能確保下個世代的和平安定吧？姊姊大人也是因此才會面臨這麼尷尬的處境，即使談好了婚事，卻沒有決定對象是哪一位王子。

「這是席格斯瓦德王子執著於王座，而亞納索塔瓊斯王子執著於艾格蘭緹娜大人所帶來的結果吧。艾格蘭緹娜大人說她努力說服了前任奧伯，表示自己雖想回應亞納索塔瓊斯王子的心意，但並不想因此引發紛爭。」

於是，席格斯瓦德王子得到了王座，亞納索塔瓊斯王子得到了他心儀的女子，艾格蘭緹娜大人得到了安穩的生活，每個人都遂其所願。還真是可喜可賀、可喜可賀。

「姊姊大人說過，要與愛慕艾格蘭緹娜大人的亞納索塔瓊斯王子結婚，讓您感到十分沉重，那麼換個角度來看，這對您來說也是不錯的結果吧？嫁給席格斯瓦德王子以後，姊姊大人就是下任國王的第一夫人了。」

「……事情要是能想得這麼簡單就好了……」

姊姊大人說話時的表情陰鬱晦暗，與平常截然不同。平時的她總是堅毅好強，目光筆直注視前方。

「席格斯瓦德王子十分疼愛娜葉拉耶大人。如果是為了王座，非娶艾格蘭緹娜大人不可，那麼即使不會深愛著她，也會給予應有的尊重，但換作是我呢？」

「但這是政治聯姻，王族不可能輕慢排名第三的多雷凡赫吧。」

艾格蘭緹娜大人那是特殊情況，但姊姊大人應該也不至於受到冷落吧。「您想太多了。」我說。

「是呀，一定是我想多了。因為自此以後，應該會如同常人把我視為未婚妻對待了吧……」

姊姊大人面帶無力的微笑說道。我這才發覺，姊姊大人至今從未和常人一樣被當作是未婚妻對待。為了得到王座，為了擄獲艾格蘭緹娜大人的芳心，兩位王子一下子贈送禮物，一下子向她求婚，對姊姊大人卻沒有過任何行動，待遇就與其他貴族沒有兩樣。

姊姊大人還不是正式的未婚妻，所以送禮與問候並不是非做不可。但是，姊姊大人就只能一味等著艾格蘭緹娜大人做出選擇，也應該站在她的立場設想一下吧。

「等正式訂下婚約，一切一定會有所改變。」

我壓下內心的憤慨，這樣安慰姊姊大人。她有氣無力地呵呵微笑後，看來十分厭煩地大嘆口氣。

「從今往後不管是什麼事情，我都會被拿來與艾格蘭緹娜大人做比較吧。而且不單是被人比較，我的地位竟會變得比她還高。她可是排名第一的庫拉森博克的領主候補生，常年獲得最優秀表彰，從前還是王族的公主……因為我從未預想過自己會成為下任國王的第一夫人，心情真是沉重呢。」

倘若下任國王的第一夫人是艾格蘭緹娜大人，只要繼續推崇她就好了。就和至今大家都跟隨排名第一的庫拉森博克的腳步一樣。然而，如今姊姊大人將成為下任國王的第一夫人，艾格蘭緹娜大人則是王族的第一夫人，身分正好顛倒。壓在姊姊大人身上的重擔實在難以想像。

「……我也會盡我所能幫姊姊大人的忙。」

看著對自己的未來陷入沉思的姊姊大人，我自然而然地脫口說出這句話。

「奧爾特溫大人，阿道芬妮大人找您。她要您前往平常那間會議室。」

「好，她已經從艾倫菲斯特的茶會回來了嗎？還真早結束。」

我立即起身。就在社交活動期間進入尾聲之際，羅潔梅茵大人總算回到貴族院。接下來根本沒有時間能舉辦幾場茶會，這種時候才回來究竟有什麼意義？我忍不住這麼心想，但想不到她竟然邀請了各領的一名代表舉辦茶會，靠著這樣的盛事，一鼓作氣完成了先前本該進行的社交活動。今天就是舉辦這場茶會的日子。

雖然我也很想出席，但代表多雷凡赫出席的名額被姊姊大人搶走了。其他領主候補生也都向姊姊大人大表抗議，但她聲稱「由即將嫁給王族的我出席，對領地最有好處」，堅決不肯讓出名額。

……因為能夠經由與羅潔梅茵大人有個人私交的艾格蘭緹娜大人幫忙介紹，這可是很重要的。

聽說儘管沒剩多少時間，羅潔梅茵大人還是在傳喚下去見了亞納索塔瓊斯王子與艾格蘭緹娜大人，這項消息早已傳遍貴族院。許多人都亟欲知道，羅潔梅茵大人究竟是為什麼受到兩人如此器重。

「姊姊大人，您看來心情真好。我還以為您會更晚才回來。」

姊姊大人坐在會議室裡，神情十分愉快，與前些天相比判若兩人。她拿著一個小瓶子嗅聞味道，嘴角掛著微笑。

「因為羅潔梅茵大人在茶會途中失去意識，所以茶會提早結束了。」

「啊？咦？」

我不太能明白在茶會途中失去意識是怎麼一回事。就只是坐著聊聊天而已，有可能累到當場暈倒嗎？

「羅潔梅茵大人真的非常虛弱，也難怪奧伯．艾倫菲斯特不想讓她返回貴族院呢。艾倫菲斯特的人們還一副相當熟練的樣子，將羅潔梅茵大人帶回宿舍，恐怕這在領地裡頭已是司空見慣的光景了吧。反倒是為了安撫吵雜不休的賓客們，看來還比較辛苦。漢娜蘿蕾大人更是親眼看著羅潔梅茵大人在自己面前暈倒，那張小臉慘白得教人同情呢。」

……這一定會嚇得面無血色吧。

稍有不慎還可能被懷疑是暗殺未遂，演變成領地間的問題。韋菲利特曾說：「羅潔梅茵不回來我很頭疼，但她回來了大概又會是一片混亂。」這句話真是一語成讖。

……幸好我沒出席。

我才不想經歷這種對心臟有害的茶會。我和膽大的姊姊大人不同，她明明全程在場目睹，居然還能說出「這場茶會真是太有意思了」的感想，但我這個人可是敏感纖細。

「奧爾特溫，瞧你一臉嫌惡的樣子，但這場茶會真的非常有趣唷。我不只品嘗到了好幾種磅蛋糕，還拿到了絲髮精。」

姊姊大人把手中的小瓶子遞來給我，呵呵地笑了起來。她說絲髮精是種能讓頭髮產生光澤的液體，要在洗髮時使用。我接過後，看向瓶內。瓶裡裝著有些濃稠的淡白色液體，散發著芬里吉尼的果香。

「這個絲髮精看來也有好幾種香味。」

「沒錯。羅潔梅茵大人說了，這次她準備的絲髮精，與之前送給艾格蘭緹娜大人的一樣。」

不管是磅蛋糕還是絲髮精，羅潔梅茵大人的個性似乎就是無法忍受商品只有一種選擇。若能拿到好幾種款式做比較，應該有助於查清做法。我一邊這麼心想著，一邊倒了一滴絲髮精在掌心上，聞了聞味道，再試著用指尖抹開。看得出來絲髮精的成分中，油占了很高的比例。

……是從肥皂延伸出來的嗎？

「奧爾特溫，等你研究完絲髮精，要做出一樣的東西喔。」

「啊？」

「因為我想要絲髮精。我看你似乎也很感興趣，而且你不覺得我們領地若能自行生產，是件很棒的事情嗎？你會往明年的最優秀表彰更近一步唷。」

姊姊大人的語氣完全是不容拒絕。我抬起頭來，看見姊姊大人正指著我說道。這是命令，甚至已經拍板定案。

「……但就算做出了一樣的東西，我想這也與貴族院的成績無關吧……」

「這是姊姊對你的愛，讓你能夠擁有新的研究目標呀。那就拜託你了。」

自顧自說完想說的話，姊姊大人隨即揚長而去。而絲髮精就這麼丟給了我。

……我才不要這種愛！根本害我白擔心了嘛！

漢娜蘿蕾視角・艾倫菲斯特的書

羅潔梅茵大人在茶會上暈倒後，我曾寄去慰問信函，卻沒有收到她已恢復健康的回覆，讓我很擔心她是否真的平安無事。就這樣過了三天，到了舉辦領地對抗戰的日子。

領地對抗戰是貴族院最盛大的活動，也是戴肯弗爾格最團結、最熱血沸騰的一天。領內幾乎所有騎士都會跑來貴族院，只留下負責聯絡的基本人力，由此可知大家對領地對抗戰有多麼狂熱。真的令人不敢恭維。

領地對抗戰這天早上，我在自己的房間裡吃完早餐，下樓去做準備，卻看見藉由轉移陣來到貴族院的騎士們正在寬敞的餐廳裡喝著比蘇酒，鼓舞見習騎士。

整個餐廳裡瀰漫著濃烈的酒臭味，我不由得皺起眉。這時，精神抖擻得難以想像已經四十來歲的騎士團長注意到了我，咧嘴露出笑容。

「噢噢，漢娜蘿蕾大人，早安。聽說您前幾天打倒了斐迪南大人的愛徒。」

「這、這是誤會，騎士團長。我並沒有……」

……一定是哥哥大人把這種錯誤訊息傳達給了騎士團長。

我忙不迭搖頭，極力否認，但他們似乎完全沒聽見我說的話，連騎士團長的侄子海斯赫崔也跟著說：「竟能打倒斐迪南大人的愛徒，太了不起了！」聞言，戴肯弗爾格的騎士們都樂不可支地開始嚷嚷：「漢娜蘿蕾大人打倒斐迪南大人的愛徒了！」我完全成了不實謠言的受害者。

「我、我只是想和羅潔梅茵大人當好朋友而已。羅潔梅茵大人她……」

身體虛弱、經常暈倒——但我話都還沒有說完，海斯赫崔就重重點頭，彷彿在說「我明白」。

「透過迪塔，勁敵也能成為摯友。漢娜蘿蕾大人也能明白這個道理，我真是欣慰。」

「……我不是這個意思。」

海斯赫崔是上級騎士，當年與艾倫菲斯特的那名策士同個年級，自從三年級開始能夠參加迪塔以後，聽說每年與對方比賽都是輸多於贏，所以一直把斐迪南大人視作勁敵。據他所言雖然寫作勁敵，但是唸為摯友。

……難道就只有我覺得，對方根本毫不搭理他嗎？

「父親大人、姨丈大人，羅潔梅茵大人是斐迪南大人的愛徒這件事已經廣為人知，她想出的妙計也確實讓我們措手不及。而且儘管贏了比賽，她卻毫不自大，還稱讚了我們的團隊合作。」

「哦……這可有意思。斐迪南大人的愛徒嗎？今天的領地對抗戰還真教人期待。那她使出了什麼妙計？」

一名上級見習騎士是騎士團長的么子，只見他慷慨激昂，說起羅潔梅茵大人那天使出了怎樣的妙計，騎士們都聽得津津有味。

騎士團長的妻子與海斯赫崔的妻子是年紀相差多歲的姊妹，所以那名見習騎士與海斯赫崔的關係既是外甥與姨丈，同時也是堂兄弟。而關係之所以會變得這麼複雜，全是為了抑制容易失控的騎士團。

至於羅潔梅茵大人使出過怎樣的妙計，我都已經聽到能倒背如流了。因此我立即轉身，悄悄離開現場。

……我才一點也沒有要打倒羅潔梅茵大人的意思呢！

但儘管騎士團長與海斯赫崔都相當期待，最後羅潔梅茵大人卻沒有出席領地對抗戰。聽說她昨晚剛恢復意識，身體狀況還沒有好到能夠下床走動。

……難得獲得了最優秀表彰，卻沒有辦法出席，或許羅潔梅茵大人也不太受到時之女神德蕾梵庫亞的眷顧呢。

「不僅是最優秀者，還是這世代少見的策士……我記得羅潔梅茵大人的年紀，正好適合當藍斯特勞德大人的妻子吧？」

「嗯，確實。」

騎士團長與海斯赫崔好像在商量什麼事情。戴肯弗爾格騎士團的人總是認為，領主的配偶都該具有強大的實力與才略，但這種觀念難道就不能想辦法改改嗎？

「父親大人、姨丈大人，很遺憾，藍斯特勞德大人與羅潔梅茵大人似乎都對彼此沒有什麼好感。」

「放心吧。只要透過迪塔，他們一定能了解彼此。就像我和斐迪南大人一樣。」

我曾聽說海斯赫崔把象徵戴肯弗爾格的披風交給了某個人，作為自己服輸的證明。難不成現在持有他披風的人，就是斐迪南大人嗎？

結果，羅潔梅茵大人連隔天的畢業儀式也無法出席，但是身體似乎有些好轉。因為她回信感謝我慰問的同時，還借了一本艾倫菲斯特的書給我。

「這是……」

看著侍從柯朵拉遞來的書本，我感到自己的臉色開始發白。

「……柯朵拉，羅潔梅茵大人會不會是知道了，其實我並不怎麼喜歡看書呢？」

「大小姐，您的想法太負面了。既然羅潔梅茵大人已在茶會上認定您是喜愛看書的朋友，我想她應該不知情吧。」

「是、是嗎？」

但會借給我這麼薄的書籍，是否代表她認為太厚的書我看不懂呢？我好不安。

「大小姐，您在想事情的時候，應該盡量正向思考。倘若總往壞的方面想，會和往常一樣陷入惡性循環。您看這本書這麼薄，即便是大小姐應該也看得完吧。而且如果看得夠仔細，要一起討論感想也比較容易。」

「說得也是呢。」

得到柯朵拉的鼓勵，我接過羅潔梅茵大人借的書籍。這本書似乎沒有封皮，只有書籍本身，但正面用的是十分奇特的紙張，彷彿把真正的花封在了紙張裡。

「這個紙張和我平常用的紙不太一樣，厚度很薄，顏色也偏白呢。味道聞起來好像也不一樣……」

「這應該是艾倫菲斯特紙吧？我記得見習文官說過，艾倫菲斯特做出了新紙張。」

看來艾倫菲斯特連紙張也與其他領地不一樣。我翻開書頁。

「哇啊！」

「大小姐，怎麼了嗎？」

「這本書的用字好新，非常淺顯易懂呢。」

戴肯弗爾格的書籍用字古老又難懂，我總要花上很久時間才能看懂書上在寫什麼，但羅潔梅茵大人借給我的書卻不是這樣，就連不善閱讀的我也能讀得很快。

內容也照著我當時的希望，是以戀愛為主的騎士故事，但也與戴肯弗爾格裡的騎士故事截然不同，全是讓人怦然心動的美好戀愛故事，就好比吟遊詩人在傳唱的那些詩歌。而讓這些故事看來更吸引人的，就是書裡的插圖。有的是俊美騎士為心儀女子英勇奮戰的場面，有的是騎士手捧著魔石向心愛女性求婚，每張插圖都精美動人。跟戴肯弗爾格那種全是文字的書籍完完全全不一樣。

「不只能像這樣單手拿著，翻起書頁也毫不費力，用字又是我們現在的語言，閱讀起來好輕鬆呢。看書竟然可以這麼愉快……我完全能明白羅潔梅茵大人為什麼會喜歡看書。如果出生在艾倫菲斯特，我也許就不會討厭看書了。」

我回信寫下自己對這本書的感想。這還是我有生以來頭一次想再看看其他本書。如果是艾倫菲斯特的書，我覺得自己要看多少都不成問題。

「大小姐居然能夠享受閱讀的樂趣，真是件教人高興的事情。不過，大小姐您也說好要借一本書給艾倫菲斯特吧？」

經柯朵拉提醒，我才驚覺地抬起頭來。對喔，我也必須借本書給羅潔梅茵大人。可是，我自己根本不曉得戴肯弗爾格裡頭有哪些書。

「柯朵拉，怎麼辦？雖然艾倫菲斯特有這種書，但戴肯弗爾格裡頭有適合的書能借給羅潔梅茵大人嗎？」

「您要不要問問看家人呢？」

現在畢業儀式已經結束了，但父母親還在戴肯弗爾格舍裡，預計明天返回領地。我帶著羅潔梅茵大人的書，方便等一下說明自己是為了回敬，步出房間走下樓去。

戴肯弗爾格的宿舍與城堡追求質樸剛毅，因此建築物幾乎沒有什麼裝飾，給人所到之處皆為白色的印象。頂多另外點綴著象徵領地顏色的藍色，所以走在只有冬季才使用的宿舍裡頭，總讓人覺得十分寒冷。

「……我覺得戴肯弗爾格也該在建築物裡頭擺點裝飾呢。至少在牆面雕些花紋，又或者如果我們的領地代表色是紅色，給人的感覺也會溫暖一些吧？」

「但是，早在流行為建築物添加美麗的雕刻之前，這棟宿舍就已經存在了，所以事到如今也無法改變。倘若大小姐這麼在意，不如自己想想要如何裝飾？」

每當受邀參加他領的茶會，看見那些精緻華美的擺設，我總是目瞪口呆，但也參觀得十分開心。不過，如果要我自己陳設裝飾品，我根本不曉得該怎麼做才能布置得很有品味。雖然曾經興致一來，布置過自己的房間，卻總覺得怎麼看怎麼怪，讓人靜不下心，結果維持不到三天就變回原來的樣子。

「柯朵拉，妳明知道我不會布置吧？太壞心眼了。」

「試著挑戰看看也不是壞事呀。就如同大小姐終於找到了自己能看的書，說不定您也能找到符合自己喜好的裝飾品。」

「漢娜蘿蕾，怎麼啦？妳今天看來心情很好。」

走進談話室後，只見父親大人、母親大人與哥哥大人正聚在一起不知聊些什麼。發覺我進屋，父親大人向我招了招手，我朝他走過去。

「父親大人、母親大人，艾倫菲斯特的羅潔梅茵大人借了這本書給我。我看得非常開心，很想再看看艾倫菲斯特的其他書籍。」

「哎呀，漢娜蘿蕾竟然會想看書，真難得呢。」

「母親大人，請您也翻開看看吧。書裡的騎士故事非常精采喔。」

我捧著書走向母親大人，哥哥大人立刻嫌棄地皺起臉龐。

「艾倫菲斯特的騎士故事嗎？該不會在講一個騎士有多陰險又有多少奇怪招數吧？」

「哥哥大人，不是的。這本書是以戀愛為主的動人騎士故事。」

「以戀愛為主？真軟弱……」

哥哥大人嗤之以鼻，但我沒理會他，把那本書遞給母親大人。母親大人的表情也和我一樣驚訝，目不轉睛地注視羅潔梅茵大人的書。
「這是書嗎？」
「是的，是羅潔梅茵大人借我的，我想確實是艾倫菲斯特的書沒錯。這本書又薄又輕，內容也簡單易讀。」
「艾倫菲斯特連把封面裝飾一下也做不到嗎？」
母親大人制止了哥哥大人，快速翻頁開始閱讀。
「內容確實簡單易懂呢。用的是現在的語言，淺白好懂，還有美麗的插圖。」
「艾倫菲斯特因為是新興領地，沒什麼歷史，所以領地裡頭沒有用古老語言寫成的書籍吧。真可憐。」
「藍斯特勞德，我現在正與漢娜蘿蕾說話。你安靜一點。」
母親大人微微一笑，再度制止哥哥大人。
「想必是委託了優秀的謄寫員抄寫書籍，字跡也非常優美。漢娜蘿蕾可以當作範本參考喔……話說回來，這本書的紙張還真少見，好像連觸感也和平常的紙不一樣。」
「這叫作艾倫菲斯特紙，似乎是艾倫菲斯特自己開始製作的新紙張。聽說今年已經有見習文官在貴族院裡使用。」
「是嗎？」母親大人輕聲說道，若有所思地靜靜看著那本書。
「艾倫菲斯特的書很新，故事也很精采吧？我也說好了，要借本書給羅潔梅茵大人。她說過想看看在戴肯弗爾格裡流傳的騎士物語，但到底該借哪本書給她比較好呢？」

我詢問父親大人，哥哥大人的雙眼立即發出精光。

「正好，給那個冒牌聖女看看真正的書長什麼樣子。不是那種只有內文的粗糙假貨，而是貨真價實的書。」

「嗯，既然艾倫菲斯特的領主候補生喜歡與騎士有關的書，剛好有本書適合。」

「真的嗎，父親大人?!」

戴肯弗爾格出身的騎士實力都不容小覷，所以聽說最不缺乏的就是騎士故事。父親大人又是領主，他推薦的書籍一定很精采。

隔天，先一步返回領地的父親大人，利用轉移陣送來了一大本書。但是，那本書的體積大到感覺連要翻開封面也很吃力，一不小心還有可能把羅潔梅茵大人壓扁。

「……父親大人究竟在想什麼呢？」

我看向那本古老又厚重的大書，這本書都可以說是戴肯弗爾格的史書了，再看向羅潔梅茵大人借我的書。柯朵拉拿起厚書上的木板，閱讀上頭的訊息。

「木板上寫著……既然艾倫菲斯特拿了最新的書來一決勝負，戴肯弗爾格就用他領絕對模仿不來的歷史來一較高下。」

「但我根本不想和羅潔梅茵大人一較高下啊……」

……為什麼大家都這麼想讓我與羅潔梅茵大人分出勝負呢？不管哪一方面肯定都是我輸，這不是再明顯不過的事實嗎？羅潔梅茵大人還是今年的最優秀者，我哪能跟她比嘛。

對於身邊人們莫名的有心較勁，我頹然垮下肩膀，請人把書送去給羅潔梅茵大人。

然而不巧的是，聽說艾倫菲斯特的學生都已返回領地，宿舍大門也已經徹底關閉。文官們問我，是否要拜託留在宿舍的守門士兵，把書送回艾倫菲斯特，但我只是無力搖頭。這麼高價又貴重的書本，不能託給守門士兵，必須直接交給本人。

「等明年來貴族院，再把這本書借給羅潔梅茵大人就好了吧？畢竟是羅潔梅茵大人自己身體不適，就算沒馬上收到書，想必也不會怪罪大小姐。」

「說得也是呢。」

「您別這麼意志消沉。大小姐，就只是時機有些不湊巧而已。」

聽了柯朵拉的安慰，我長嘆口氣。

……明明說好我也要借本書給羅潔梅茵大人，她卻已經回去了。我還是老樣子掌握不到好時機呢。

於是我拜託柯朵拉，請她幫忙把回信與這本厚書收進專放貴重物品，而且能夠上鎖的木箱裡。

本打算明年再拿給羅潔梅茵大人，誰曉得父親大人在出席領主會議之前，因打開了貴重物品箱尋找東西，在看見書與信函後，竟然擅自帶走，送去給了艾倫菲斯特。我實在是作夢也想不到。

索蘭芝視角 ◆

閉架書庫與老舊日誌

畢業儀式結束至今已經過了幾天，學生們都返回各自的領地，整個貴族院變得冷冷清清，也鮮少有人造訪圖書館。但是，我並未因此就可以不用工作。吃完早餐，我帶著休華茲與懷斯走進辦公室，發動了複數的魔導具。單是看著休華茲與懷斯那兩對不斷跳動的耳朵，我的嘴角便不由自主上揚。

「託羅潔梅茵大人的福，今年的貴族院過得真是開心。」

自從艾倫菲斯特那位喜愛圖書館的領主候補生入學，我在貴族院的生活也產生了劇烈的變化。多年停止不動的休華茲與懷斯重新開始運作，還在辦公室裡舉辦茶會……

「那首獻給梅斯緹歐若拉的曲子，我還是第一個聽的人呢。」

後來，縱使直接向王族說明了圖書館的實際情況，終究沒能獲准增派上級圖書館員。雖然遺憾，但光是可以親口向王族提出請求，就已是非常巨大的轉變。

「索蘭芝，要做什麼工作？」

「繼續昨天的？」

多虧羅潔梅茵大人提供了帶有大量魔力的魔石，直到明年的冬天，我都能與兩人一起行動。我笑著對休華茲與懷斯點點頭，打開通往閱覽室的門。

放眼望去，閱覽室書架上的書本密密麻麻。記得往年，總會看到還有許多資料尚未歸還，我只能長吁短嘆，再依自己記憶所及向各領的舍監表達不滿，請他們催促學生歸還。去年我還只能看著空蕩蕩的書架，孤伶伶地獨自工作，今年卻是大不相同。

……幸虧有斐迪南大人幫忙，這麼多資料才能回到書架上。

休華茲與懷斯重新動起來後，羅潔梅茵大人身為主人，吩咐他們把未歸還資料的學生列成名單，斐迪南大人也幫忙送出了催促歸還的奧多南茲。拜此之賜，那一天不知有多少學生抱著書湧進圖書館，場面甚至一度非常混亂。

但是，就在羅潔梅茵大人笑吟吟地表示要幫忙後，學生們瞬間安靜下來。因為他們都已經逾期未還書籍，還私自把資料帶出圖書館，不敢再惹怒奧伯了吧。領主候補生有機會與各領地的奧伯說上話，這樣的身分非常有用。

現在，我正與休華茲及懷斯一起仔細檢查，書本是否都正確歸位、還有沒有哪些書籍缺失。由於兩人記有書目資料，與去年之前相比，今年快了好幾十倍就檢查完畢。

「一樓好了。」

「索蘭芝，接下來是二樓？」

「二樓要到秋天才會整理喔。」

學生離開貴族院以後，老師們就能專心投入自己的研究。這陣子開始，出入圖書館、借閱二樓資料的老師會變多。因此，二樓的資料向來是等到貴族院快要開學前的秋天才進行整理。

「麻煩你們兩人打掃閱覽席。打掃完後，再去檢查閉架式書庫吧……上次進去不曉得是幾年前了呢。」

終於能夠整理至今一直無暇顧及的地方，我心裡十分高興。去辦公室拿鑰匙回來時，閱覽室的大門正好「嘰」的一聲敞開。

「索蘭芝，我想請妳幫忙找份資料。」

「哎呀，這不是傅萊芮默老師嗎？別來無恙。真難得看到妳在這個時候來圖書館，需要找什麼資料呢？」

傅萊芮默是文官課程的老師，負責教導情報的蒐集與分類。按理說會經常跑圖書館，但是在此之前，她從來不曾拜託我找過資料。

「麻煩妳帶我去閉架式書庫。我想借閱前任老師克雷門斯的授課資料，了解他以前的上課內容。」

「哎啊，妳以前不是還說不需要嗎？」

每門課程換了新老師以後，通常授課內容也會大幅更改。課程內容有變動的時候，一定要把以前的資料收進閉架書庫，若有人交接則要把資料留在閱覽室。傅萊芮默上任時，我曾問過她以前的資料要如何處理，記得她說要教給學生新的內容，所以要我把克雷門斯的資料收起來。

「現在因為我也比較習慣在貴族院教課了，如果克雷門斯留下來的資料中有值得參考的地方，我想納進自己的課程裡頭。」

「妳有這種想法真是太好了。很多學生回到領地以後，都苦於沒有能力買書，而且成年以後每天都要忙著工作，很難抽空學習新事物呢。」

「是呀。既然都來貴族院上課了，我認為學生們不應該在第一堂課就通過所有考試，應該多學點東西，吸收更多的知識。」

傅萊芮默用尖銳的話聲，情緒激動地這麼主張。聽到她說學生應該趁著就讀貴族院期間努力吸收更多知識，我打從心底贊同。政變前在課堂上學習到的內容，對年長的人來說都是「理所當然該知道的事情」；但是肅清過後，年輕人們學習到的知識與以往的學生並不相同，聽說這樣的差異偶爾會對工作造成不良影響。

「傅萊芮默老師如此熱心教學，真是教人佩服。不過，存放這些資料的第三閉架書庫只允許圖書館員進入，所以不好意思，請妳待在閱覽室裡稍候。我馬上把資料拿過來。休華茲、懷斯，我們去第三閉架書庫吧。」

我留下傅萊芮默，走出閱覽室，朝著與辦公室相反的方向在迴廊上前進。

貴族院的圖書館大致劃分有三個閉架式書庫。

第一閉架書庫不在圖書館，而是在中央樓，由負責指導領主候補生課程的老師持有王族所託付的鑰匙。書庫裡放有課程用的教材與資料，此外似乎還有不便讓領主候補生以外的學生看見的魔導具等物品，所以身為中級貴族的我從未踏進去過，只負責保管備份鑰匙。

第二閉架書庫的入口則在圖書館一樓的閱覽室。變得老舊的資料都會移到這裡來，最近的使用者是艾倫菲斯特的學生。因為他們想找以前有關領地對抗戰的資料，所以我從第二閉架書庫裡找出了資料。這個書庫只要有圖書館員同行，學生也能進出。書庫內還著只有上級圖書館員才能進入的書庫，根據紀錄從前王族也曾使用過。

至於第三閉架書庫……

圖書館大廳盡頭的牆上刻有舒翠莉婭之像。我注視著神像，打開舒翠莉婭之盾上正中央的那顆魔石，露出底下的鑰匙孔。我插入鑰匙後緩緩轉動，眼前隨即出現了一道供人進出的門扉。

走進去一看，內部只是一處雪白無物的空間。其實這個空間內存在著轉移陣，但能讓轉移陣運作的，只有休華茲與懷斯。直到去年為止，如果有人想借閱第三閉架書庫裡的資料，我都得告訴他們：「請先與王族商量，讓休華茲與懷斯能重新運作。」但因為害怕觸怒王族，誰也不敢出面與王族交涉。

「索蘭芝，祈禱。」

「睿智女神梅斯緹歐若拉，渴求著尤根施密特境內所有知識的吾主啊，我乃奉獻知識于祢的守門之人，懇請允許我觸碰舒翠莉婭所守護的知識。」

成為圖書館員時獲得的手環發出亮光。與此同時，休華茲與懷斯額上的魔石也綻放光芒，我的頭頂上方浮現出了魔法陣。魔法陣散發著光芒緩慢下降，觸及地面的時候我人已經在書庫裡頭了。

「……上次進來不知道是幾年前了呢。」

收藏在第三閉架書庫裡的研究成果與資料，全是因政治因素而遭到處刑的人們所遺留下來的。在事過境遷、需要當時的資料之前，都只是放在這裡保存。儘管存放著大量古老且稀有的資料，但都還不能拿出書庫，一直到圖書館員判定現在的時局就算拿出去，也不會有人藉著權力將之奪走或銷毀為止。

「休華茲、懷斯，請找出與克雷門斯有關的資料。就算是學生們製作的課程參考書也沒關係，因為與本人有關的資料還不能拿出書庫。」

休華茲與懷斯尋找參考書的時候，我則檢查書庫裡頭協助保存書籍用的魔導具是否仍在運作。

……就算閱覽室裡的保存魔導具因為要節省魔力而停用，至少這裡……

腦海中，響起了前任上級圖書館員們的悲痛吶喊。

「索蘭芝，拜託妳了。現在知識的守護者只剩妳一個人了！」

「要被處刑的人不知會有多少，但妳來自庫拉森博克，應該不會有事吧。一定要盡可能保存更多的資料與知識……」

「這些人根本沒犯什麼罪就要被處死，我希望他們活過的證明與遺留的知識，能夠保存下來讓後世的人看見。」

那是第五王子在政變中獲勝，即位為國王後的事情。當時孛克史德克是支持第四王子的最大勢力，聽說因為無法接受這樣的結果，意圖謀害國王。當時他們太過自負，認為現在的國王多半不敢進行大規模嚴懲。只要第五王子不在了，除了被囚於白塔中的第四王子，就沒有其他的直系王族有資格坐上王座。想來這就是他們的目的吧。

然而，眼看事態的發展與第三王子在勝利後隨即遭到暗殺時一樣，這徹底激怒了庫拉森博克。支持第五王子的領地也極力主張，為了往後的和平，絕對不能姑息。於是，本來只會遭到囚禁的第四王子被判處了死刑，獲勝方的領地也認定是孛克史德克這些落敗方的領地讓尤根施密特陷入混亂，計畫進行鐵血肅清。

據說國王曾多次表示：「這麼做是否太過不留餘地？」他身邊的人卻置若罔聞，一再堅稱：「現在可是您的性命受到威脅。」然而，就在有人以剛出生的公主要脅國王將王座讓予第四王子後，國王也改變了想法。

本來縱使會連坐受罰，也可藉由繳納罰金來抵罪，但當時卻連這些人也直接被判處死刑。那真是一段教人聞風喪膽的時期。所有人都一派理所當然地說著激進的言論，只要有人認為「應該息事寧人」、「這樣太偏激了」，就會被懷疑是否與孛克史德克有關係。

不光孛克史德克的高層，只要是擁護第四王子的領地，其領主夫婦與下任領主們都相繼遭到處刑。就連早已因為工作或結婚而成為他領貴族的人，只要出身是孛克史德克就無法倖免。政變期間，如果曾經給予過孛克史德克通融或情報，也會被視為犯罪。貴族院的上級圖書館員們之所以遭到處刑，據說就是因為他們曾把載有重要情報的資料借給孛克史德克的人。

……明明從王宮圖書館裡借出古老建築資料的，未必是貴族院的圖書館員啊……

得知自己將被處死的時候，圖書館員們沒有任何抵抗，只要求了再給他們幾天的時間，讓他們能夠整理房間、交接工作。

「只是生錯了地方，絕不能讓他們的研究成果就此消失。要盡可能把更多資料移進第三閉架書庫……」

他們一滴淚也沒流，平靜地把即將遭到處刑的老師們的研究成果，以及與孛克史德克有關的資料都移進第三閉架書庫，然後為了把休華茲與懷斯留給我，喝下手邊所有的回復藥水為他們傾注魔力，直到只剩最後一口氣。

「我們是知識的守護者，將尤根施密特境內的知識悉數獻予梅斯緹歐若拉之人。一切都託付給妳了，索蘭芝。」

我漫步走著，沉浸在過往的回憶中，目光忽然停留在擺有古老日誌的書架上。這些是遭到處刑的圖書館員們寫過的日誌，為防萬一，被我放進書庫裡存放。我油然感到懷念，輕輕拿起其中一本日誌。

「索蘭芝，那個也要？」

「借給傅萊芮默？」

「不，這是我自己要看的。因為這是圖書館員的日誌……」

我抱著從前的日誌離開第三閉架書庫。重新鎖上入口後，沒有馬上走進閱覽室，先是筆直向前回到辦公室，收好了鑰匙，把舊日誌擺在辦公桌上。霎時令人懷念的那段時光彷彿又回來了，我忍不住淡淡苦笑。

「索蘭芝，去閱覽室。」

「借書。」

在休華茲與懷斯的催促下，我移動腳步至閱覽室，將從第三閉架書庫中取來的參考書交給傅萊芮默。「數量怎麼這麼少。」傅萊芮默不滿地撇下嘴角，快速翻看。

「哎呀！這不是學生寫的課程參考書嗎？索蘭芝，我想看的是克雷門斯留下來的資料。」

「很遺憾，我們無法再提供更多資料。因為他是基於政治因素遭到處刑……」

「啊，所以資料沒留下來吧。那也沒辦法，我就借這些參考書吧。」

傅萊芮默把參考書交給休華茲，辦理借書手續。在一旁看著的我暗暗鬆了口氣。

「打掃完閱覽席，今天的工作就結束了。」這麼吩咐休華茲與懷斯後，我回到辦公室，坐在辦公桌前，用有些顫抖的指尖翻開老舊日誌的封面。熟悉的字跡隨即躍入眼簾。僅是用目光追逐那些文字，教人懷念的記憶便接連湧入腦海。

「喂，快點做好準備。王族就要到了。」

「公主殿下，打開。」

「等領主會議結束就能回中央了，再撐一會兒吧。」

「公主殿下，工作做完了。」

從前一等到領主會議結束，我們就會關閉貴族院的圖書館，一同前往王宮圖書館。但是，現在因為在貴族院關閉期間有太多工作要做，我完全沒有時間能去王宮圖書館。雖然只能透過信件往來，但我聽說王宮圖書館一樣人手不足。如今幾年才能見一次面，不曉得那邊的圖書館員們過得還好嗎？

我一邊翻著日誌，一邊出神地想著這些事情，發現日誌的記錄寫到一半忽然中斷。寫有文字的最後一頁，停留在他們即將赴往刑場的前一天。直到最後的最後，他們都只是平淡地記錄著工作內容。單看這些紀錄，實在難以想像他們即將遭到處刑。

「索蘭芝，妳要活下去保護這裡。往後的工作可能會比以前辛苦好幾倍。」

「如果有新的圖書館員加入，替我們好好歡迎他。」

「嗯，是啊。我們是知識的守護者，無論出身何地，最重要的，就只有他是否對人類的智慧懷抱敬意。」

雖然他們將圖書館、休華茲和懷斯託付給了我，無奈憑我一人的力量，難以全部守住。休華茲與懷斯最終因為耗盡魔力而不再動彈，我也不得不停用圖書館裡的一些魔導具，資料被學生帶出去以後，也很難將資料討回來。

但是，現在呢……

現在我又能與休華茲還有懷斯一起工作了。多虧羅潔梅茵大人向梅斯緹歐若拉獻上祈禱，兩人接收到了祝福的光芒後，重新開始運作。如果當時也在場看見那道光芒，和重新恢復動彈的休華茲與懷斯，不知道他們會有多麼感動。

「大家，我現在過得很好喔……我還好好活著，只不過依然沒有新的圖書館員來填補各位的空缺呢。」

我對著老舊的日誌說道，但當然沒有任何人回答。

「索蘭芝，掃完了。」

「今天結束了。」

休華茲與懷斯打掃完閱覽席，回到辦公室來。我闔上日誌，上前迎接兩人。休華茲與懷斯的目光投向老舊日誌後，歪過小腦袋瓜。

「公主殿下，看嗎？」

「公主殿下，寫嗎？」

對兩人來說，日誌是圖書館員在寫的東西，所以以為我要交給主人羅潔梅茵大人，讓她能夠做紀錄吧。我發出咯咯笑聲，搖了搖頭。

「我只是想把日誌拿給她看而已。明年若能在圖書館舉辦茶會，我在考慮要不要把這本日誌借給她。既然羅潔梅茵大人說她想當圖書館員，看到從前圖書館員們留下來的日常紀錄，也許會很開心……」

我不敢奢求太多，但若有人樂意翻看，我很想與對方一同享有這份回憶。這樣的思緒湧上心頭後，我忍不住喃喃自語。休華茲與懷斯聽了，高興得跳起來。

「公主殿下，喜歡書。」

「公主殿下，會高興。」

得到兩人的贊同，我決定要把日誌借給羅潔梅茵大人。接著，我把日誌收進能夠上鎖的抽屜裡，再拿出裝有羅潔梅茵大人魔力的魔石。

「休華茲、懷斯，來為你們補充魔力吧。」

……願這樣安詳寧靜的日子，能夠長長久久持續下去。

後記

大家好久不見了，我是香月美夜。

非常感謝各位購買本作，《小書痴的下剋上：為了成為圖書管理員不擇手段！外傳 貴族院一年級生》。

相關書籍連續四個月發行的企劃，第二個月就是這本短篇集，也是《小書痴的下剋上》系列第一本番外篇。在這本短篇集中，我試著用羅潔梅茵以外的視角，來描寫她就讀貴族院一年級期間還發生了哪些事情。

記得當時是三月中旬，我剛完成本傳第四部Ⅲ的書稿，想把「成為小說家吧」網站上放在番外篇放置區的漢娜蘿蕾短篇，收錄進第四部Ⅲ裡頭；而這就是一切的開端。但因為文字量太多，很難全部收進書籍裡頭。

那既然放不進本傳，乾脆出本外傳就好了啊。

於是就這麼打鐵趁熱，敲定了《外傳　貴族院一年級生》的出版計畫。敲是敲定了，但要發行成冊，還得另外補寫不少短篇，結果忙得我暈頭轉向。我利用第四部Ⅰ、Ⅱ、Ⅲ那時向讀者募集過的短篇角色人選，從中選擇了當時沒能採用的一些人物來當主角。

最終，十八篇中有十篇是全新短篇。網路上已刊載於番外篇放置區的短篇，我也加以大幅修改。很多角色的視角我都是初次嘗試，考慮到各短篇間的時間順序，還把其中原為一篇的漢娜蘿蕾短篇分成兩篇，真不知消耗了多少腦細胞。連我也覺得自己非常努力。我真是了不起。

但比我更辛苦的人，想必是椎名優老師吧。這次因為是外傳，必須為許多不曾在本傳中露面的角色設計人物造型。而且人數多達六人，分別是羅德里希、洛飛、克拉麗莎、柯朵拉、奧爾特溫與阿道芬妮。而這集的封面，是四名一年級的領主候補生。可能因為要搭配漢娜蘿蕾與奧爾特溫的髮色，這次封面的色調不同以往，給人非常華麗的感覺。至於彩色拉頁，則是書中沒有在封面現身的其餘角色一字排開。如同既往可愛到不行的四格漫畫一樣不容錯過。椎名優老師，真的非常感謝您。

最後，要向購買本書的各位讀者獻上最高等級的謝意。

十一月發行的《Fanbook3》將在TO BOOKS官網上獨家販售，十二月預計發行《第四部V》。期待屆時再相會。

二〇一八年八月　香月美夜

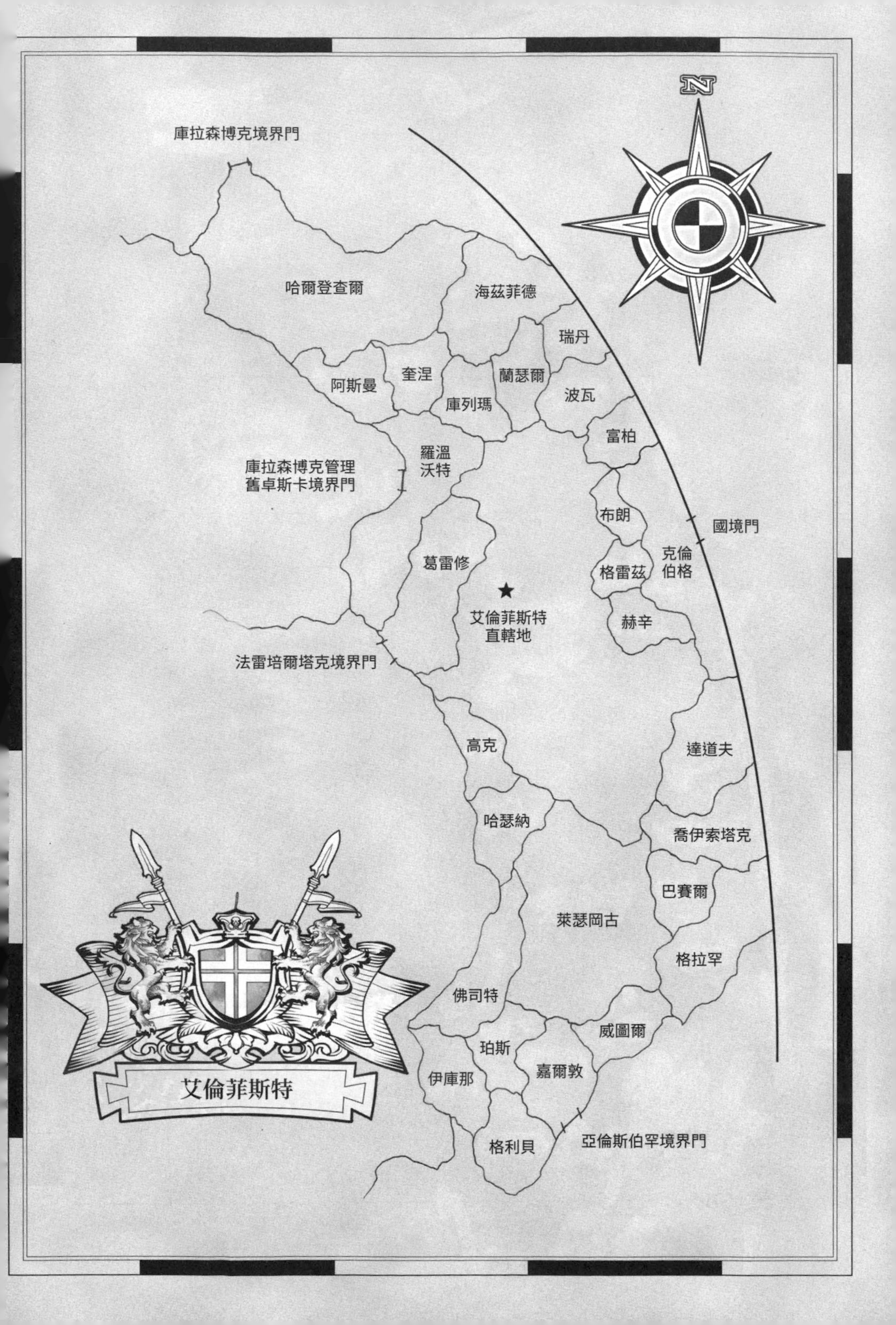
庫拉森博克境界門
哈爾登查爾
海茲菲德
瑞丹
阿斯曼
奎涅
蘭瑟爾
庫列瑪
波瓦
富柏
羅溫
沃特
庫拉森博克管理
舊卓斯卡境界門
布朗
國境門
克倫
伯格
格雷茲
葛雷修
艾倫菲斯特
直轄地
赫辛
法雷培爾塔克境界門
高克
達道夫
哈瑟納
喬伊索塔克
巴賽爾
萊瑟岡古
格拉罕
佛司特
威圖爾
珀斯
嘉爾敦
伊庫那
格利貝
亞倫斯伯罕境界門
艾倫菲斯特

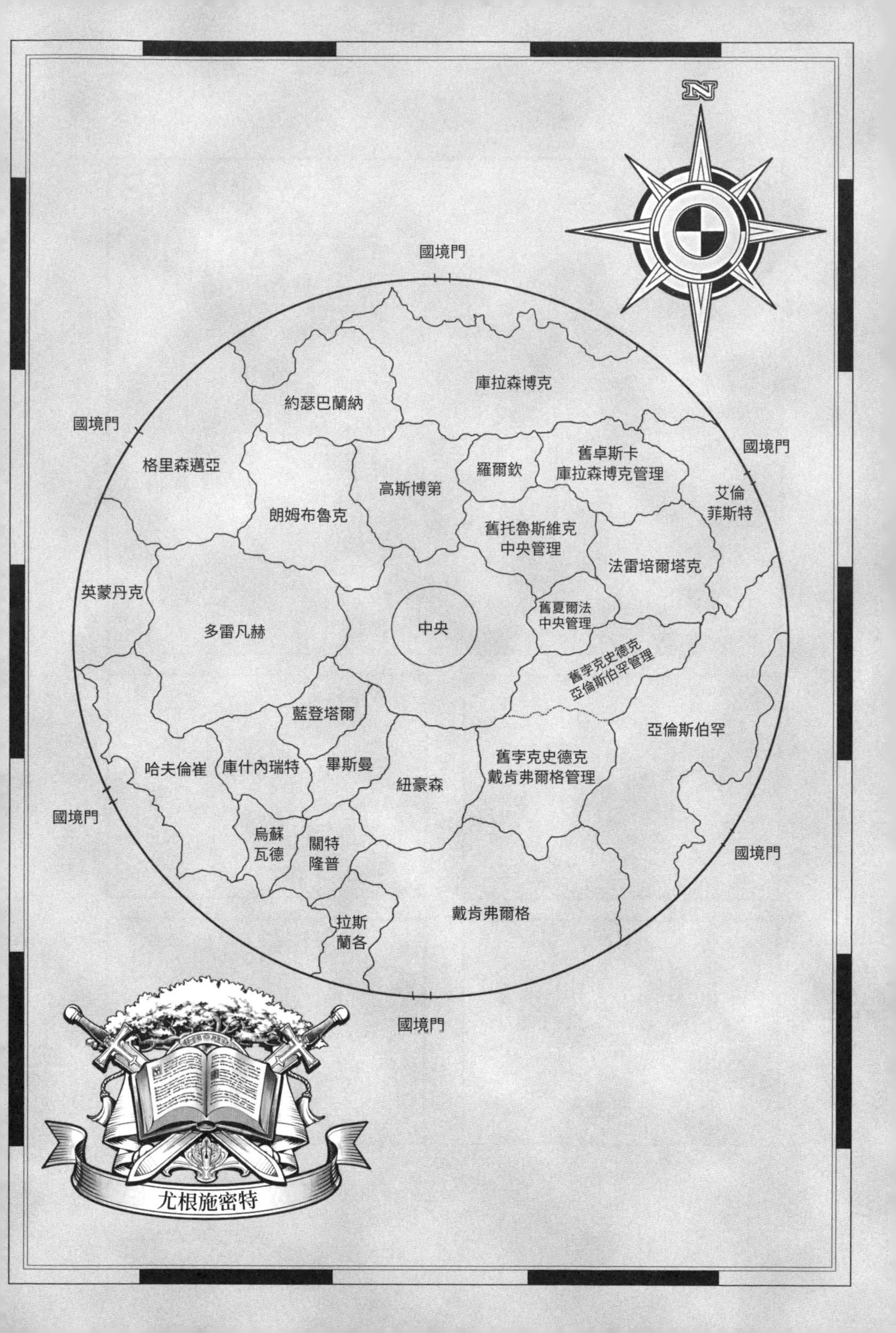
N
國境門
庫拉森博克
約瑟巴蘭納
國境門
國境門
格里森邁亞
羅爾欽
舊卓斯卡
庫拉森博克管理
高斯博第
艾倫
菲斯特
朗姆布魯克
舊托魯斯維克
中央管理
法雷培爾塔克
英蒙丹克
舊夏爾法
中央管理
多雷凡赫
中央
舊孛克史德克
亞倫斯伯罕管理
藍登塔爾
亞倫斯伯罕
舊孛克史德克
戴肯弗爾格管理
哈夫倫崔
庫什內瑞特
畢斯曼
紐豪森
國境門
烏蘇
瓦德
關特
隆普
國境門
戴肯弗爾格
拉斯
蘭各
國境門
尤根施密特

每回都出場的
卷末漫畫
輕鬆悠閒的貴族院日常
作畫 椎名優
天生慢半拍
咦？正式開始了嗎?!
慌慌 張張
等 我還沒做好準備……
喀鏘
喀鏘

我很努力去做工坊的工作，絕對不會輸給任何人。
閃亮——

閃閃發亮
那當然。能有現在的我，全多虧了有羅潔梅茵大人相助。
我當然該竭盡所能努力。

竟然為了主人這麼努力不懈，吉魯真是太耀眼了。
消沉
達穆爾也和他一樣嗎？
走走

安潔莉卡，妳在幹嘛？
看著達穆爾太痛苦了。（因為好耀眼）
為何?!

餵食

噗咿
噗咿

莉瑟蕾塔，我現在非～常可以明白妳的心情。
咦？
咦？
姊姊大人？
抓

羅潔梅茵信仰

不僅推動了無數流行，才華又出類拔萃，
羅潔梅茵大人真是名副其實的聖女。

原來如此，你也和我們一樣，是傳頌愛的偉大之人嗎？
很好！和我們一起成為愛的傳教士吧!!
LOVE
愛

愛？
那種東西才不足以道盡我對羅潔梅茵大人的崇拜。

這不是愛。沒錯，她是『神』！
神?!
閃亮——

國家圖書館出版品預行編目資料

小書痴的下剋上：為了成為圖書管理員不擇手段!.
外傳，貴族院一年級生 / 香月美夜著；許金玉譯.
-- 初版 . -- 臺北市：皇冠，2020.08
面； 公分 . --（皇冠叢書；第 4872 種）(mild；
26)
譯自：本好きの下剋上 司書になるためには手段
を選んでいられません．貴族院外伝 一年生
ISBN 978-957-33-3571-9(平裝)

861.57 109011479

皇冠叢書第 4872 種
mild 26

小書痴的下剋上

爲了成爲圖書管理員不擇手段！
外傳 貴族院一年級生

本好きの下剋上
司書になるためには
手段を選んでいられません
貴族院外伝　一年生

作　　者—香月美夜
譯　　者—許金玉
發 行 人—平雲
出版發行—皇冠文化出版有限公司
台北市敦化北路 120 巷 50 號
電話◎ 02-27168888
郵撥帳號◎ 15261516 號
皇冠出版社（香港）有限公司
香港上環文咸東街 50 號寶恒商業中心
23 樓 2301-3 室
電話◎ 2529-1778　傳真◎ 2527-0904
總 編 輯—許婷婷
責任編輯—陳怡蓁
美術設計—嚴昱琳
著作完成日期— 2018 年
初版一刷日期— 2020 年 8 月
初版二刷日期— 2020 年 10 月
法律顧問—王惠光律師

讀者服務傳真專線◎ 02-27150507
電腦編號◎ 562026
ISBN ◎ 978-957-33-3571-9
Printed in Taiwan
本書定價◎新台幣 280 元 / 港幣 93 元